DUFAUX   MIRALLES

DJINN

ERSTER ZYKLUS

schreiber&leser

ALLES GUTE!

1. Auflage 2011
Alle deutschen Rechte bei
Verlag Schreiber & Leser · München
Nachdruck - auch auszugsweise - nur mit schriftlicher Genehmigung des Verlages.

ISBN: 978-3-941239-60-9
www.schreiberundleser.de

1- Djinn, Magnum Edition N°1
Djinn 1 - La Favorite © DARGAUD BENELUX (DARGAUD-LOMBARD S.A.) 2001, by Dufaux (Jean), Miralles (Ana)
Djinn 2 - Les 30 Clochettes © DARGAUD BENELUX (DARGAUD-LOMBARD S.A.) 2002, by Dufaux (Jean), Miralles (Ana)
Djinn 3 - Le Tatouage © DARGAUD BENELUX (DARGAUD-LOMBARD S.A.) 2003, by Dufaux (Jean), Miralles (Ana),
Djinn 4 - Le Trésor © DARGAUD BENELUX (DARGAUD-LOMBARD S.A.) 2004, by Dufaux (Jean), Miralles (Ana)
www.dargaud.com

Aus dem Französischen von Resel Rebiersch

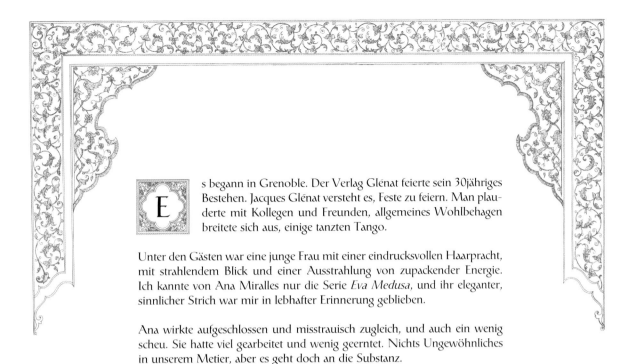

Es begann in Grenoble. Der Verlag Glénat feierte sein 30jähriges Bestehen. Jacques Glénat versteht es, Feste zu feiern. Man plauderte mit Kollegen und Freunden, allgemeines Wohlbehagen breitete sich aus, einige tanzten Tango.

Unter den Gästen war eine junge Frau mit einer eindrucksvollen Haarpracht, mit strahlendem Blick und einer Ausstrahlung von zupackender Energie. Ich kannte von Ana Miralles nur die Serie *Eva Medusa*, und ihr eleganter, sinnlicher Strich war mir in lebhafter Erinnerung geblieben.

Ana wirkte aufgeschlossen und misstrauisch zugleich, und auch ein wenig scheu. Sie hatte viel gearbeitet und wenig geerntet. Nichts Ungewöhnliches in unserem Metier, aber es geht doch an die Substanz.

Jetzt wollte sie neue Wege gehen. Sie kannte meine Arbeiten und schien sie zu schätzen. Ich sagte ihr, dass ich ihre Zeichnungen bewunderte. Wir kamen ins Gespräch. Und bald wusste ich: ich hatte die Frau gefunden, die für mich den Orient zum Leben erwecken würde, die mir Zugang zum Harem verschaffen würde.

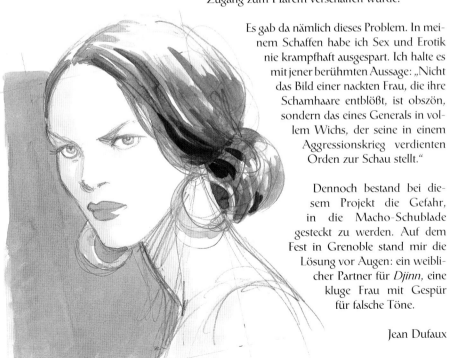

Es gab da nämlich dieses Problem. In meinem Schaffen habe ich Sex und Erotik nie krampfhaft ausgespart. Ich halte es mit jener berühmten Aussage: „Nicht das Bild einer nackten Frau, die ihre Schamhaare entblößt, ist obszön, sondern das eines Generals in vollem Wichs, der seine in einem Aggressionskrieg verdienten Orden zur Schau stellt."

Dennoch bestand bei diesem Projekt die Gefahr, in die Macho-Schublade gesteckt zu werden. Auf dem Fest in Grenoble stand mir die Lösung vor Augen: ein weiblicher Partner für *Djinn*, eine kluge Frau mit Gespür für falsche Töne.

Jean Dufaux

Skeptisch:
Kim oder Ana

I. DIE FAVORITIN

Diese Geschichte beginnt und endet beim Körper. Dargebotene Körper im Harem, zerfetzte Körper auf dem Schlachtfeld. Gierige Körper, aufgegebene Körper.

Im Jahr 1912 stellte sich die Türkei in dem drohenden Krieg auf die falsche Seite, neben Deutschland. Das alte osmanische Reich ist zerfallen, die türkische Wirtschaft steht offiziell unter fremder Herrschaft. Um 1895 begünstigt die Schwäche der letzten Sultane die nationalistische Bewegung der Jungtürken, deren Anführer Enver Pascha 1914 Kriegsminister wird.

Der Sultan propagiert vor den Alliierten den „Heiligen Krieg", das tödliche Räderwerk setzt sich in Gang. Als die Türkei sich aus dem Krieg zurückzieht (Waffenstillstand von 1918), suchen die Jungtürken ihr Heil bei den Deutschen. Jahre des Niedergangs folgen. Erst im Jahr 1923 verhilft der ehemalige Truppeninspekteur aus Ost-Anatolien, Mustafa Kemal, seinem Land zu erneuter Würde.

Dies ist in groben Zügen der historische Hintergrund. Wir stehen am Ende einer Ära, einer Geisteshaltung - die der letzten Sultane, und damit verbunden der geheimnisvollen Welt des Harems. Er ist ein Ort der Verführung, der Sinnenlust, aber auch der Grausamkeit, sobald pure Macht ausgeübt wird. Über den Harem existieren zahlreiche Vorurteile. Es wäre falsch, ihnen pauschal widersprechen zu wollen, denn in die Klischees fließt sowohl unser gutes wie unser schlechtes Gewissen ein.

Der weibliche Körper trägt stets den Sieg über den Mann davon, das hat die Geschichte oft genug gezeigt. Doch es ist ein kompliziertes Spiel: Denn wer ist der Mächtigere, der Herr oder der Knecht? Die Djinns würden antworten, dass sie es sind, denn sie sind reiner Geist. Selbst wenn sich dieser Geist in einem begehrenswerten - und begehrten Körper verbirgt.

Die Dreiecksgeschichte in diesem Zyklus beruht auf wahren Ereignissen, die zuerst von Tanizaki literarisch und später von Liliana Cavani für den Film bearbeitet wurden.

Und nun lasst uns beginnen zu träumen. Die Bronzetüren öffnen sich, eine singende Frauenstimme lockt... Alles ist nur eine Fata Morgana.

Jean Dufaux, Januar 2001

ICH SUCHE EINE DJINN... EINEN GEIST... DEN GEIST MEINER GROSSMUTTER.

UND VERMUTLICH AUCH MEINE WURZELN. ES WIRD EINE LANGE REISE WERDEN, VON DER ICH NICHT UNBESCHADET ZURÜCKKEHREN WERDE. MAN NIMMT IMMER SCHADEN, WENN MAN SICH MIT EINER DJINN EINLÄSST.

ICH HABE NICHTS GEFUNDEN.

ABER SIE HATTEN DOCH VERSPROCHEN...

ICH WEISS. ABER DIE AKTEN SIND WEG. ICH HABE BEI MEINEN KOLLEGEN NACHGEFRAGT... NICHTS ZU MACHEN. NIEMAND KONNTE MIR HELFEN.

UND?

AN WEN WENDE ICH MICH JETZT?

ICH KENNE EINEN BUCHHÄNDLER IN DER ALTSTADT. THESOS.

ER BESITZT ALTE, SELTENE UNTERLAGEN. ES IST ERSTAUNLICH, WAS MAN BEI IHM ENTDECKEN KANN.

ER KANN UNS VIELLEICHT EINEN RAT GEBEN.

HM... VERSUCHEN WIR'S. WENN DAS GANZE NUR NICHT SO ENTMUTIGEND WÄRE!

ICH HALTE SIE AUF DEM LAUFENDEN. KÖNNEN WIR UNS IN IHREM HOTEL TREFFEN?

LIEBER NICHT.

HINTERLASSEN SIE EINE NACHRICHT AM EMPFANG.

DEN BUCHHÄNDLER FINDE ICH AUCH ALLEIN.

MEIN STADTPLAN IST IM HOTEL...

DANN KANN ICH AUCH GLEICH DUSCHEN.

THESOS IST NICHT DIE RICHTIGE ADRESSE.

!!??

W-WIE BITTE?

ES GIBT BESSERE, WENN SIE INFORMATIONEN BRAUCHEN. ICH DENKE DA AN DAS FOTO AUS IHRER TASCHE...

MEINE TASCHE!

SIE... SIE HABEN..!!?

ERINNERN SIE SICH?.. JEMAND HAT SIE ANGEREMPELT, ALS SIE HEREIN KAMEN.

DAS WAR ICH.

ICH SUCHTE ZWAR ETWAS ANDERES, ABER DIES IST AUCH INTERESSANT. HIER HABEN SIE ES ZURÜCK.

!!??

ABER... SIE...

SIE SIND EIN DIEB! UND SIE WAGEN ES...

MEIN WAGEMUT SPART VIEL ZEIT. UND MEINE ZEIT IST KOSTBAR. DIESES FOTO IST ALSO IHR AUSGANGSPUNKT.

ICH KENNE IHRE MOTIVE NICHT, UND SIE KÜMMERN MICH AUCH NICHT. ABER ICH KANN IHNEN AUF IHREM WEITEREN WEG HELFEN.

DER MANN AUF DEM BILD IST SULTAN MURATI, RICHTIG?

JA, DER SCHWARZE SULTAN.

WISSEN SIE ETWAS ÜBER IHN?

ICH KANN IHNEN ERZÄHLEN, WAS ÜBER IHN IN BÜCHERN STEHT. ABER SIE WOLLEN VERMUTLICH MEHR WISSEN.

ICH KOMME HEUTE ABEND ZU DIR INS HOTEL.

MACH DICH HÜBSCH.

WIR GEHEN IN MADAME FAZILAS BORDELL.

WAS..?!

W-WOHER WISSEN SIE, WO ICH WOHNE?!

11

ICH WAR VERWIRRT. ICH HÄTTE IHN OHRFEIGEN, IHN ZUM TEUFEL SCHICKEN SOLLEN... STATTDESSEN, AM ABEND IM HOTEL...

...WARTETE ICH AUF IHN. UND ALS DAS TELEFON KLINGELTE, SAGTE ICH EINFACH...

ICH KOMME RUNTER.

ICH KANNTE DIESES HOTEL NOCH GAR NICHT. WIRKLICH REIZEND.

JA, NICHT?

GENAU WIE DU. ÜBRIGENS, ICH HABE MICH NOCH NICHT VORGESTELLT. MEIN NAME IST MALEK, IBRAM MALEK.

ICH NEHME AN, ER STEHT AUF DER FAHNDUNGSLISTE.

BEI DER POLIZEI UND ANDEREN. BIST DU BEREIT?

BEREIT WOZU?

NA, DICH PERSÖNLICH EINZUBRINGEN, SÜSSE.

12

ZIEH DICH AUS!

WIE BITTE?!

WENN DU IN DIE VER-GANGENHEIT WILLST, DARFST DU DICH NICHT VERSTELLEN. DU MUSST DICH ZEIGEN, WIE DU BIST.

MIT KÖRPER UND SEELE. DENN DU WIRST GEPRÜFT... ABER ICH GLAUBE, DU SCHAFFST ES. AUSSERDEM BEGLEITE ICH DICH. HAB KEINE ANGST.

WO SIND WIR HIER?

IN DER ALTSTADT. DIES WAR EIN HAMMAM, BEVOR MADAME FAZILA SICH HIER NIEDERLIESS.

GEH IN DIESE ZELLE. ICH KOMME IN FÜNF MINUTEN WIEDER.

ICH BIN VER-RÜCKT!

ICH SOLLTE SOFORT VER-SCHWINDEN...

FALLS NICHT DOCH...

GANZ RECHT. ICH KENNE JEMANDEN, DER DIR HELFEN KANN.

DOCH WARUM INTERESSIERST DU DICH FÜR DEN SCHWARZEN SULTAN? SEIN NAME IST LÄNGST VERGESSEN.

ABER ER SPIELTE DOCH EINE WICHTIGE ROLLE IN DEN JAHREN VOR DEM ERSTEN WELTKRIEG.

AUCH WENN EURE GESCHICHTS-BÜCHER IHN NICHT MEHR ERWÄHNEN.

ALLE, DIE SICH NÄHER FÜR DEN SCHWARZEN SULTAN INTERESSIERT HABEN, SIND DURCH GEWALT UMS LEBEN GEKOMMEN. UNSERE HISTORIKER SIND VORSICHTIGE LEUTE.

MAG SEIN, ABER ICH NICHT. EINE MEINER VORFAHRINNEN STAND IM DIENST DES SULTANS.

GENAUER GESAGT...

JA?..

...SIE GEHÖRTE ZU SEINEM HAREM.

SIE WAR EINE DER OSMANI-SCHEN LIEB-LINGSFRAUEN.

AHA. ENT-SCHULDIGE BITTE...

MOMENT...

6

14

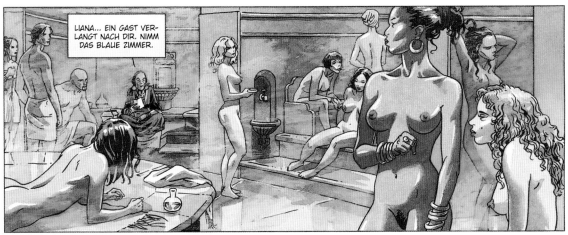

LIANA... EIN GAST VERLANGT NACH DIR. NIMM DAS BLAUE ZIMMER.

ICH MUSS DICH BITTEN ZU WARTEN. MUSLIM KÜMMERT SICH UM DICH.

ABER..!!

VERTRAU IHR RUHIG. KOMM... EINE BEHANDLUNG VON MUSLIM IST EINE AUSZEICHNUNG FÜR JEDE FRAU.

GENIESS ES.

LEGEN SIE BITTE DAS HANDTUCH AB.

SIE SIND SEHR VERSPANNT.

GANZ LOCKER LASSEN.

DU...

...KOMM MIT MIR...

YALI... ES GEHT UM DICH. NIMM DAS ZIMMER MIT DEN VÖGELN.

OZOU... DAS EBENHOLZ-ZIMMER.

MMH...

...AAH!!

!!??

KIM...

KIM NELSON!?

W-WER...
ICH??

DU WIRST VER-
LANGT. JEMAND
HAT DICH GEWÄHLT.

DAS ROSET-
TENZIMMER.

!!??

!! WAS?!..
WAS IST
DENN?

ICH WEISS NICHT...

ABER ICH
FÜRCHTE...

...EINE
DRO-
HUNG!

ICH BIN
IHNEN
GEFOLGT.

ICH GESTEHE, ICH HÄTTE
NICHT ERWARTET, MICH
HIER WIEDERZUFINDEN.
ICH ZÖGERTE SOGAR...

DOCH DANN SAGTE
ICH MIR, DIESE CHANCE
DARF ICH NICHT
VERPASSEN.

EIGENTLICH MÜSSTEN
SIE NACKT SEIN...

WIE ALLE MÄDCHEN,
DIE FÜR MADAME
FAZILA ARBEITEN.

ICH ARBEITE NICHT FÜR MADAME FAZILA. ICH FÜRCHTE, ICH HABE NICHT DAS NÖTIGE TALENT DAFÜR.

ABER SIE KANN MIR HELFEN, GEWISSE INFORMATIONEN ZU BEKOMMEN.

DIE KÖNNEN ANDERE IHNEN AUCH GEBEN!

ICH HABE SIE BEI THESOS ANGEKÜNDIGT! ZUFÄLLIG INTERESSIERT ES SICH AUCH FÜR DEN HOF DES SCHWARZEN SULTANS. ER MÖCHTE SIE UNBEDINGT KENNEN LERNEN.

TUT MIR LEID. ICH HABE MOMENTAN KEINE ZEIT FÜR IHN.

WIRKLICH NICHT?

SIE VERGESSEN, DASS SIE AUF MICH ZUGEKOMMEN SIND.

ICH HABE MICH FÜR DIESE SACHE SEHR ENGAGIERT... SIE HABEN EINEN STEIN IN STILLES WASSER GEWORFEN. DIE WELLEN BREITEN SICH AUS. SIE KÖNNEN NICHT MEHR KNEIFEN.

KNEIFEN WOVOR?

VOR IHRER VERGANGENHEIT. VOR DEN FRAGEN, DIE SIE GESTELLT HABEN. ABER KEINE SORGE...

MMMFFF!!

WIR HELFEN IHNEN DABEI!

UND DIE WELLEN BREITEN SICH AUS...

DONG DONG DONG

ISTANBUL 1912

ICH HABE DICH KOMMEN LASSEN, JADE, WEIL ICH DICH BRAUCHEN WERDE.

NÄCHSTE WOCHE WERDE ICH EINEN WICHTIGEN MANN IM PALAST EMPFANGEN. DER MANN IST UNSER FEIND.

ICH WÜNSCHE, DASS ER SICH IN DICH VERLIEBT.

DASS ER VOR VER-LANGEN DEN VERSTAND VERLIERT. ICH KENNE DEINE ZAUBERKÜNSTE...

DAS GIFT, DAS DU DEN MÄNNERN INS BLUT TRÄUFELST...

DEN UN-STILLBAREN DURST...

DU WIRST IHN AN DEN RAND DES WAHNSINNS TREIBEN. ABER NUR AN DEN RAND... DENN WIR BRAUCHEN IHN NOCH.

DU KANNST ÜBER MEINE GEMÄCHER VERFÜGEN...

UND ÜBER DIE MACHT, DIE DER FAVORITIN DES SULTANS ZUSTEHT. GEFÄLLT DIR DAS?

UND DJOUA?.. SIE GLAUBT, DASS SIE DIR NOCH IMMER GEFÄLLT!

19

DJOUA?.. ES WAREN ZU VIELE NÄCHTE.

IHRE GEHEIMNISSE HABEN SICH VERFLÜCHTIGT. ICH ÜBERLASSE SIE DIR.

JADE!!?

O NEIN!!

DJOUA!! LAUF WEG!!!

SCHIESS!

MEIN KIND!.. MEINE TOCHTER!

20

CHAALI...
CHAALI...

ERBARMEN, HERRIN!
VERSCHONE UNS!

UND DAS KIND?

ACH JA, DIE KLEINE CHAALI...

RICHTIG...

SIE ÄHNELT BEREITS
IHRER MUTTER...

ES IST NUR EIN MÄDCHEN.

TÖTET SIE.

NEIN!
NICHT DAS KIND!

EIN BÖSER TRAUM? VIELLEICHT DAS BE- TÄUBUNGSMITTEL?

W-WO BIN ICH?

BEI MIR. IN MEINEM HAUS.

ICH HOFFE, ES IST NACH IHREM GE- SCHMACK.

ICH HEISSE AMIN DOMAN. ICH INTERESSIERE MICH FÜR DIE VERGANGENHEIT MEINES LANDES. ZUMINDEST FÜR GEWISSE ASPEKTE.

ZUM BEISPIEL FÜR SULTAN MURATIS HOF. SIE BEGREIFEN VERMUTLICH, AUF WAS ICH HINAUS WILL...

SULTAN MURATI... NEIN, ÜBERHAUPT NICHT... HABEN SIE MEINE ENTFÜHRUNG ANGEORDNET?

ICH GEBE ZU, MEINE... EINLADUNG WAR NICHT SEHR HÖFLICH. KEMAL IST EIN TÖLPEL UND BRUTAL. WAHRSCHEINLICH HAT ER SO SEINE FANTASIEN ÜBER SIE...

ABER WOLLEN WIR DIE UNTERHALTUNG NICHT BEIM FRÜHSTÜCK FORTSETZEN?

ICH DENKE, SIE KÖNNEN EINS GEBRAUCHEN.

!!?

ABER ...

W-WER HAT MIR DAS KLEID ANGEZOGEN?

ES STEHT IHNEN ENTZÜCKEND. ICH HÄTTE KEINEM ANDEREN ERLAUBT, SIE AUSZUZIEHEN.

SIE SIND SEHR SCHÖN...

KEIN WUNDER, WERDEN SIE SAGEN, FÜR DIE ENKELTOCHTER VON JADE, DER FAVORITIN DES SCHWARZEN SULTANS.

ICH HABE HIER ÜBRIGENS EIN FOTO, DAS SIE IN ALL IHRER PRACHT ZEIGT... AUS DER ZEIT, ALS SIE ÜBER DAS HERZ DES SULTANS HERRSCHTE. INTERESSIERT ES SIE?

„PRACHT" IST GENAU DAS PASSENDE WORT, FINDE ICH.

!!!

SIE... SIE IST...

VOLLKOMMEN NACKT, JA. DAS WAR IHRE WAFFE. UND DER SULTAN SETZTE DIESE WAFFE GESCHICKT EIN.

ICH HABE DAS FOTO VON EINEM ALTEN FREUND, DER SICH HERVORRAGEND IN JENER EPOCHE AUSKENNT. ER IST BUCHHÄNDLER, EINER DER BESTEN IN DER STADT.

LASSEN SIE MICH RATEN...

ER HEISST THESOS.

HM... KLUGES KÖPFCHEN. MAN HATTE MICH SCHON GEWARNT, DASS SIE NICHT DUMM SIND.

WOLLTE DIESER „MAN" SIE VERUNSICHERN? MÖGEN SIE NUR HIRNLOSE FRAUEN?

ES GIBT SICHER NOCH WELCHE, OBWOHL SIE MEINER MEINUNG NACH IMMER SELTENER WERDEN

MÄNNER DAGEGEN...

MÄNNER...

SIE SIND UND BLEIBEN TRIEBHAFT UND RÜDE...

KEMAL ARBEITET DEMNACH FÜR SIE?

KEMAL WEISS, WONACH ICH SUCHE.

ACH JA?.. UND DAS WÄRE..?

SULTAN MURATIS SCHATZ. DAMIT WOLLTE ER DEN DEUTSCHEN VOR DEM ERSTEN WELTKRIEG UNTER DIE ARME GREIFEN.

DA SIE SICH FÜR UNSER LAND INTERESSIEREN, KENNEN SIE SICHER UNSERE GESCHICHTE.

DIE TÜRKEI HATTE IHRE WAHL GETROFFEN. MÄNNER WIE ENVER PASCHA* UND DER SULTAN WAREN BEDINGUNGSLOS DEN DEUTSCHEN MACHTHABERN ERGEBEN. SIE GLAUBTEN AN DEREN GRÖSSE UND DEN SIEG.

DER FRANZÖSISCHE UND DER ENGLISCHE BOTSCHAFTER WAREN BEUNRUHIGT UND SETZTEN ALLE DIPLOMATISCHEN MITTEL EIN, UM DIE LAGE ZU ENTSCHÄRFEN.

IN DIESEM SPIEL WAR SULTAN MURATI SEHR ERFAHREN.

ER STELLTE EINE WICHTIGE UND ÜBERRASCHENDE FIGUR AUF DAS SCHACHBRETT, DIE DEN GEGNER NACHHALTIG VERSTÖRTE...

DIESE FIGUR WAR IHRE GROSS-MUTTER... JENE NACKTE FRAU, DIE JEDOCH NICHTS VON IHREN GEFÜHLEN VERRIET.

SIE BOT SICH DAR, OHNE SICH HINZUGEBEN. MANCHE GLAUB-TEN, SIE HÄTTE ETWAS VON EINER DJINN AN SICH.

HABEN SIE DIESEN GEIST AUCH IN SICH, MISS NELSON?

ICH... HABE VON EINEM ER-MORDETEN KIND GETRÄUMT.

*SIEHE VORWORT

24

ICH MUSS LEIDER STÖREN...

ALSO IST ES ETWAS ERNSTES. SPRICH.

JADE... ES GENÜGTE IHR NICHT, IHRE RIVALIN ZU VERNICHTEN. SIE HAT AUCH DAS KIND UMGEBRACHT.

...DIE KLEINE CHAALI.

CLACCC

ICH HABE MEINEN FÜLLHALTER ZERBROCHEN, BRING MIR EINEN NEUEN.

UND JADE?... KEINE STRAFE FÜR SIE?

KEINE STRAFE.

JUSSUF...

MORGEN EMPFANGE ICH LORD NELSON UND SEINE GEMAHLIN.

WIR WERDEN AUF DER SÜDTERRASSE DINIEREN. IHR WAGEN DARF DIESES GRUNDSTÜCK NICHT WIEDER VERLASSEN.

EINE ZAUBERHAFTE NACHT...

DIESE VORKEHRUNGEN ERSTAUNEN MICH KEINESWEGS. UNSER GASTGEBER SCHEINT ALLES GETAN ZU HABEN, DAMIT DIESER ABEND PERFEKT GELINGT.

PERFEKT?..

DAZU FEHLT ALLERDINGS NOCH EIN BESTANDTEIL. EINER, DER STETS DEN ABSCHLUSS DES MAHLS BILDET. EIN GANZ BESONDERES DESSERT... DAS REZEPT DAFÜR BESITZT ALLEIN JADE.

JADE?

MEINE FAVORITIN. WENN SIE MÖCHTEN, WIRD SIE UNS SELBST DIESEN BESONDEREN GANG SERVIEREN. DOCH ICH MUSS LADY NELSON WARNEN...

MICH?

SIE KÖNNTEN AN JADES AUFTRITT ANSTOSS NEHMEN.

ZU DIESER NACHTSTUNDE VERHÜLLT JADE KEINES IHRER GEHEIMNISSE.

OH, ICH SEHE NICHTS UNGEHÖRIGEN DABEI. DU ETWA, HAROLD?

KEINESWEGS, LIEBLING.

NUN, DANN...

CLAP CLAP

!!

SIE... SIE IST...

HINREISSEND. GANZ MEINE MEINUNG.

LADY NELSON... ICH EMPFEHLE IHNEN DIE GRÜ-NEN. SIE SIND NICHT SO BITTER WIE DIE ANDEREN.

SIE SPRECHEN HERVORRAGEND ENGLISCH, MISS... MEIN KOMPLIMENT.

JADE SPRICHT MEHRERE SPRACHEN FLIESSEND.

ARABISCH, ENGLISCH, RUSSISCH... UND DEUTSCH.

DEUTSCH!..

WIE BLEIBT SIE DENN DA IN ÜBUNG, EXZELLENZ, HINTER DIESEN PALASTMAUERN?

DIESE MAUERN SIND WEDER BLIND, NOCH TAUB, LORD NELSON. WIR HÖREN JEDEN LAUT, DER AUS EUROPA HERÜBER DRINGT. UND MITUNTER SIND GEWISSE TÖNE LAUTER ALS ANDERE.

DIESE TÖNE KÖNNEN ZU MISSKLÄNGEN WERDEN.

WIE BEI EINEM ORCHESTER, WENN ALLE INSTRUMENTE FALSCH SPIELEN.

ES GIBT AUCH TÖNE, DIE WARNEN KÖNNEN.

DENKEN SIE AN EINE SCHLACHT, IN DER JEDER KANONEN-SCHUSS DEN FEIND TREFFEN KANN.

DIE PRALINÉS WAREN EINFACH HIMMLISCH.

WOHER HATTEN SIE NUR DIESE KÖSTLICHE IDEE?

ES IST EIN BESONDE-RES GESCHENK FÜR MEINEN HERRN.

DIE WIRKUNG DIESER PRALINÉS IST NICHT ZU VERACHTEN.

WIR-KUNG?

JA... SIE SIND APHRODISIEREND. EIN OFFENES TOR FÜR TRÄUME... MEIN HERR TRÄUMT NACHTS SEHR VIEL.

UND SIE, LADY NELSON, HABEN SIE AUCH ANGE-NEHME TRÄUME?

ICH, ÄH... ICH HABE EIGENTLICH NOCH NIE DARAUF GEACHTET...

E-ENTSCHULDIGEN SIE MICH... ICH FÜHLE MICH NICHT GANZ WOHL...

DIESES PRICKELN... UND DIESE HITZE-WALLUNGEN...

20

JADE, UNSERE GÄSTE WERDEN HIER ÜBERNACHTEN. BEGLEITE LADY NELSON IN IHR ZIMMER, SIE BRAUCHT RUHE.

KEINE SORGE, BIS MORGEN FRÜH HABEN MEINE LEUTE IHR FAHRZEUG REPARIERT.

ICH HOFFE, WIR BEREITEN IHNEN KEINE UNANNEHMLICHKEITEN, EXZELLENZ.

ABER KEINESWEGS, LORD NELSON. ZUM BEWEIS WERDE ICH UNSER GESPRÄCH ÜBER DIE DEUTSCHE SPRACHE FORTSETZEN.

KENNEN SIE DIE „GESPRÄCHE MIT GOETHE" VON ECKERMANN? EIN BEMERKENSWERTES BUCH.

IHR KLEID... TRAGEN SIE EIN KORSETT?

ÄH... JA... WARUM FRAGEN SIE?

ICH WEISS, WAS IHNEN FEHLT...

WOLLEN SIE MIT MIR KOMMEN?

D-DAS KOMMT DARAUF AN, WOHIN...

WIR WERDEN EIN BAD NEHMEN. SIE MÜSSEN SICH VON DIESER KLEIDUNG BEFREIEN, DIE SIE BEENGT.

!!??

UM DIESE ZEIT IST HIER NIEMAND.

DAS NUTZEN WIR AUS.

I-ICH WEISS NICHT...

DREHEN SIE SICH UM.

ICH HAKE IHR KORSETT AUF.

MÄNNER... IMMER REDEN SIE ÜBER LANGWEILIGE DINGE.

FINDEN SIE NICHT?

MEIN MANN MÖCHTE EIN ÜBEREINKOMMEN MIT DEM SULTAN ERZIELEN. ES IST SEHR WICHTIG FÜR IHN.

SO FÜHLEN SIE SICH DOCH GLEICH BESSER.

JA, ICH KANN FREIER ATMEN, ABER... ICH GENIERE MICH NACKT VOR IHNEN... SIE SIND SO SCHÖN... SIE FINDEN MICH BESTIMMT...

SO SCHÖN, WIE ICH VERMUTETE. MACHEN SIE SICH KEINE GEDANKEN.

KOMMEN SIE... ICH WILL SIE VERWÖHNEN...

NACH DEM BAD GEBE ICH IHNEN EINE MASSAGE.

IHR LAND HAT IN DEN LETZTEN JAHREN EINIGE RÜCKSCHLÄGE ERFAHREN. SIE MUSSTEN TRIPOLIS ITALIEN ÜBERLASSEN.

ÖSTERREICH-UNGARN HAT BOSNIEN-HERZEGOWINA ANNEKTIERT. BULGARIEN HAT SICH FÜR UNAB-HÄNGIG ERKLÄRT...

...ES HAT SICH MIT SERBIEN, MONTENEGRO UND GRIECHENLAND VERBÜNDET, UM DIE EUROPÄISCHE TÜRKEI NOCH MEHR ZU SCHWÄCHEN. ICH WEISS DAS ALLES.

SOLL ICH IHNEN JETZT DANKEN, DASS SIE MICH AN DIE DEMÜTIGUNGEN MEINES VOLKES ERINNERN?

ES WAR IN LONDON, WO DER SIEGERVERTRAG UNSERER FEINDE UNTERZEICHNET WURDE. ICH GEHE ALSO NICHT DAVON AUS, DASS SIE AUF UNSERER SEITE STEHEN.

I-ICH GLAUBE, ICH WERDE OHNMÄCHTIG...

WIE EINE DUMME WEISSE GANS? NEIN...

...DU WIRST BEI BEWUSSTSEIN BLEIBEN.

AAAAH!!

BIS ZUM ENDE... BIS DU MICH ANFLEHST, AUFZUHÖREN.

NEIN, DAS EINZIGE LAND, DAS UNS UNTERSTÜTZTE, WAR DEUTSCHLAND. SCHON ZU BISMARCKS ZEITEN BEFLEIS-SIGTE BERLIN SICH GRÖSSTER ZURÜCKHALTUNG IN DER ORIENTFRAGE.

UND ES HAT SICH NICHT MIT DEN BEUTEJÄGERN GEMEIN GEMACHT, DIE SICH AUF MEIN LAND STÜRZTEN.

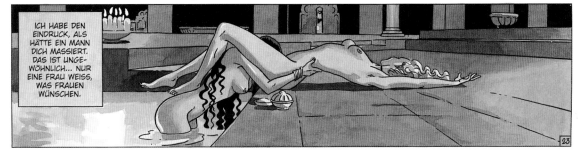

ICH HABE DEN EINDRUCK, ALS HÄTTE EIN MANN DICH MASSIERT. DAS IST UNGE-WÖHNLICH... NUR EINE FRAU WEISS, WAS FRAUEN WÜNSCHEN.

23

31

GEWISS, MADAME FAZILA HANDELT NACH EIGENEN GESETZEN.

FÜR SIE IST DIE LUST EIN SPIEL...

KOMMEN SIE, ICH MÖCHTE IHNEN ETWAS ZEIGEN.

SEHEN SIE DEN KLEINEN KÜSTEN-KREUZER DORT? ER TRANSPORTIERT WAREN.

DAS SCHIFF GEHÖRT MIR. ES IST RECHTMÄSSIG VERSICHERT.

UND..?

UND?

NOCH EIN PAAR SEKUNDEN...

BOOMMMMM

!!

UND ICH KASSIERE DIE VERSICHERUNGS-SUMME.

WIR GEHEN GANZ PROFESSIONELL VOR. DIE EXPLOSION WIRD AUF EIN TECHNISCHES VERSAGEN ZURÜCKGEFÜHRT WERDEN, DAS VON DER POLICE GEDECKT IST.

ABER ...

SIND DEN KEINE MENSCHEN AN BORD?

NUR DREI MÄNNER. WO GEHOBELT WIRD, FALLEN SPÄNE.

ICH BRAUCHE DAS GELD, MISS NELSON. TATSACHE IST, ICH BIN BANKROTT. ICH HABE NUR NOCH DIESE VILLA... ABER ANSCHLIESSEND BIN ICH SANIERT.

ICH TRAGE EINEN EHRWÜRDIGEN NAMEN, DER GANZE STOLZ EINER ALTEN FAMILIE.

DAS ERBE HABE ICH DURCHGEBRACHT... ES HAT EINE WEILE GEREICHT. UND NUN BLEIBT MIR KEINE ANDERE WAHL.

ENTWEDER FINDE ICH SULTAN MURATIS SCHATZ, ODER ICH GEBE MIR DIE KUGEL.

DAS PROBLEM IST NUR, DASS ICH DEM LEBEN NOCH VIEL REIZ ABGEWINNE.

ICH WÜRDE NOCH NICHT GERN ABTRETEN.

ABER IHRE ANWESENHEIT MACHT MIR HOFFNUNG.

MORGEN WIRD KEMAL SIE ZU THESOS BEGLEITEN. ICH VERSPRECHE MIR EINIGES VON DER BEGEGNUNG, UND ICH RECHNE MIT IHRER VOLLEN UNTERSTÜTZUNG.

FALLS SIE SICH WEIGERN, ÜBERLASSE ICH SIE KEMAL. ER DARF MIT IHNEN MACHEN, WAS ER WILL.

ICH BIN SICHER, ER HAT GENÜGEND IDEEN.

SULTAN MURATIS SCHATZ...

DAS ALSO IST ES...

25

MURATI HATTE EINEN KRIEGSSCHATZ ANGE-SAMMELT, DER FÜR DIE DEUTSCHEN BESTIMMT WAR.

UNSERE NACHRICHTENDIENSTE SIND IHRER SACHE GANZ SICHER. UND DIE HALTUNG UNSERES GASTGEBERS BESTÄTIGT DAS NUR: ER HAT SICH FÜR DEUTSCHLAND ENTSCHIEDEN.

UND ER WIRD SCHWERLICH DAVON ABZUBRINGEN SEIN.

HÖRST DU MIR ÜBERHAUPT ZU?

ICH BIN SO MÜDE... KÖNNEN WIR NICHT MORGEN DARÜBER SPRECHEN?

MÜDE?.. UND WAS IST MIT DIESEM APHRODISIAKUM?

ICH SPÜRE DURCHAUS EINE WIRKUNG...

ICH BITTE DICH, HAROLD... BELÄS-TIGE MICH JETZT NICHT DAMIT.

SIE IST LEICHTGLÄUBIG.

SIE WIRD MICH ZU IHREM MANN FÜHREN, WIE DU GEPLANT HAST.

GUT. UND WAS HAST DU EMPFUNDEN?

NICHTS.

SIE HAT KEIN TALENT FÜR DIE LIEBE.

DAS BETT IHRES MANNES BLEIBT SICHER NACHTS OFT KALT.

MIT DIR DAGEGEN, JADE...

MIT DIR DAGEGEN, HERR...

26

34

JADE KANNTE ALLE GEHEIMNISSE DES SULTANS. ABER SIE SCHEINT NICHTS HINTERLASSEN ZU HABEN, KEINE PAPIERE, KEINE ERINNERUNGSSTÜCKE...

WIR WISSEN NUR, DASS SIE DEN SULTAN BETROGEN HAT UND MIT EINEM ENGLISCHEN DIPLOMATEN WEGGEGANGEN IST... MIT HAROLD NELSON, IHREM URGROSSVATER.

LORD NELSON STARB IN LONDON. DER SCHATZ DES SULTANS GELANGTE NIE NACH DEUTSCHLAND. UND JADES SPUR VERLIERT SICH MIT IHREM EINTREFFEN IN EUROPA.

WAS MAG GESCHEHEN SEIN?.. ICH BRÜTE SEIT JAHREN ÜBER DIESEM RÄTSEL. UND NUN SIND SIE AUFGETAUCHT...

SIE SIND ANSCHEINEND VÖLLIG UNWISSEND. ABER SIE STELLEN DIE RICHTIGEN FRAGEN ÜBER DIE RICHTIGE PERSON. DAS GEHT AUS DIESEM NOTIZBUCH HERVOR, DAS WIR IN IHREM ZIMMER GEFUNDEN HABEN.

!!?

WAS FÄLLT IHNEN EIN?!!

AHHHH!

VERDAMMTES LUDER!

CROKC

MEINE AUGEN!!..

ICH KANN NICHTS MEHR SEHEN!!!

35

HAST DU NOCH IMMER NICHT BEGRIFFEN? ABER DIESES MAL...

HALTE SIE!

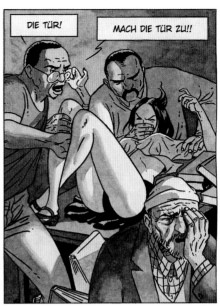

DIE TÜR!

MACH DIE TÜR ZU!!

WARTET AUF MICH...

ICH WILL AUCH WAS DAVON HABEN!

WOVON WAS HABEN?

VON DER LEKTÜRE EINES GUTEN BUCHS?

??

CROCK

MALEK!!

!!

WIR HABEN EIN PROBLEM.

!! WAS!??

JA, EIN PROBLEM!

ALLES IN ORDNUNG?

DU KOMMST GERADE RECHT.

FREUT MICH ZU HÖREN.

AH... DAS TUT WEH.

ACH JA?

ABER NOCH LANGE NICHT WEH GENUG!

BOOMM

KOMM, WIR GEHEN.

UND BEEIL DICH.

!!

MOMENT MAL...

SO EINFACH KOMMST DU NICHT DAVON...

MEINST D..?

VORSICHT!!!

DU DRECKSKERL!

LAUF!.. ICH HALTE SIE AUF!

GERETTET!

DAS TAGEBUCH!

ZU SPÄT!!

WARTE!.. WARTE!!

D-DAS HALTE ICH NICHT LANGE DURCH...

ICH HABE SEITEN-STICHE...

HIER HEREIN!

!!??

BLAMM

31

BINDEN SIE SICH DIESES TUCH ÜBER DIE AUGEN UND...

...STELLEN SIE KEINE FRAGEN.

WO... WOHIN BRINGEN SIE MICH?

GEDULD!

DA SIND WIR.

DU KANNST JETZT DAS TUCH ABNEHMEN.

OH!!!

ABER... WO SIND WIR HIER?

IN EINEM MEINER GEHEIMEN SCHLUPFWINKEL.

HIER WIRD UNS NIEMAND STÖREN.

UNS UMGIBT NICHTS ALS WÜSTE... SIE IST DER BESTE LEIBWÄCHTER.

HAST DU ANGST, ICH LAUFE DIR WEG?

DAFÜR IST ES EIN BISSCHEN ZU SPÄT. ZIEH DIESES GEWAND AN. SO ETWAS TRÄGT MAN AM HOF DES SULTANS, WENN MAN IHM GEFALLEN MÖCHTE.

32

40

ABER ICH WILL NUR DIR GEFALLEN.

WER MIR GEFALLEN WILL, MUSS MEINEM HERRN GEFALLEN. VERGISS DAS NIE.

DIESE GEWÄNDER SIND SEHR KOSTBAR... ABER EIN WENIG GEWAGT, ODER?

ICH TRAGE GANZ ÄHNLICHE. UND MICH FINDEST DU SCHÖN.

STIMMT.

DAS LEUGNE ICH NICHT.

MEINE GÜTE, DIE VERBRINGEN DEN GANZEN TAG DA DRIN...

ICH HÄTTE MEINEN FOTO-APPARAT MITNEHMEN SOLLEN.

JEDENFALLS IST DAS DIE CHANCE DEINES LEBENS, MEIN LIEBER SAMUEL! VERPATZ ES BLOSS NICHT... DU WIRST EIN REICHER MANN! TROTZDEM...

ICH FRAGE MICH, WAS DIE SICH WOHL ZU ERZÄHLEN HABEN...

33

ICH SEHE DEN RAUM, IN DEM DU MICH VERFÜHRT HAST... DU BIST GANZ ALLEIN... NACKT... UND UMGEBEN VON KOBRAS!! DUTZENDE VON KOBRAS SIND UM DICH HERUM...

DU STEHST AUF...

DER TOD ZU DEINEN FÜSSEN FÜHLT SICH KALT AN... DU GEHST AUF DAS WASSER-BECKEN ZU...

DU BLEIBST STEHEN... DAS WASSER HAT SICH IN BLUT VERWANDELT... ES IST EIN ROTER TÜMPEL, DER DICH ANEKELT...

DU WENDEST DEN KOPF. IRGENDWO IM PALAST...

...WEINT EIN KIND...

EIN MÄDCHEN.

DAS BILD VERSCHWIMMT... ICH HÖRE LIEBER AUF ZU RAUCHEN.

EIN MÄDCHEN...

34

DU HAST DIR GEWISSE INSTINKTE BEWAHRT. DAS IST GUT SO. DEINE ERZIEHUNG HAT NOCH NICHT ALLES ZERSTÖRT.

MEINE ERZIEHUNG?

UND DIE DEINE?.. DIESES DEMÜTI-GENDE LEBEN IM HAREM...

DAS VERSTEHST DU NICHT. DER HAREM DEMÜTIGT UNS NICHT. ES IST EINE EHRE, DORT ZU SEIN.

42

MACH EINEN MANN GLÜCKLICH, UND DU BEKOMMST VON IHM ALLE SCHÄTZE DER ERDE.

ALLE SCHÄTZE DER ERDE?.. AUCH SEINEN KRIEGSSCHATZ?

DU WEISST DAVON? MEIN HERR, DER SULTAN, IST SEHR REICH.

DOCH ES WAR NICHT RICHTIG VON IHM, DIE DEUTSCHEN ZU UNTERSTÜTZEN. WIR SIND NICHT EURE FEINDE, JADE.

DIE LÖSUNG IST IM HAREM ZU FINDEN. DORT SIND DIE HERZEN UND DIE KÖRPER NACKT. MAN KANN DORT KEIN FALSCHES SPIEL TREIBEN. JEDER WEISS, OB ER SICH AUF DEN ANDEREN VERLASSEN KANN.

DANN BEWEISE ES MIR.

GUT, DU SOLLST ES ERFAHREN.

LORD NELSONS WAGEN? NUN JA... WIR HABEN IM PRINZIP KEINE EINWÄNDE DAGEGEN, DASS SEINE GATTIN REGELMÄSSIG DIE FAVORITIN DES SULTANS BESUCHT...

SOLANGE SIE SICH IM SINNE DER INTERESSEN UND DER VERTEIDIGUNG DES EMPIRE VERHÄLT.

BEZWEIFELN SIE DAS ETWA?

ICH STELLE MIR NUR GEWISSE FRAGEN...

...DIE SICH EURE EXZELLENZ SICHER EBENFALLS STEL-LEN WIRD, WENN SIE DIESE FOTOS BETRACHTEN.

!!

DAS DA SCHEINT EINE BESONDERS DEUTLICHE SPRACHE ZU SPRECHEN. ES ZEIGT DIE DAMEN IM ZELT...

SO, JETZT...

...KANNST DU DAS TUCH ABNEHMEN.

OH!

ENDLICH HABEN WIR DICH WIEDER-GEFUNDEN.

ES WAR NICHT EINFACH.

EINIGE PERSONEN INTERESSIEREN SICH OFFENBAR SEHR FÜR DICH.

UND NICHT NUR FÜR DEINEN KÖRPER.

DIES HATTE SIE BEI SICH.

36

SIEH AN, SIEH AN. WOHER HAST DU DAS?

VON THESOS. ES LAG IN EINEM SEINER BÜCHER. DER MANN AUF DEM FOTO HEISST EBU SARKI.

HM... UND WAS WEITER?

MAN HAT MIR EIN TAGEBUCH GESTOHLEN, DAS MEINER MUTTER GEHÖRTE. DARIN LAS ICH DEN NAMEN ZUM ERSTEN MAL. DANACH KAM EINE ZAHLENFOLGE.

WER IST DIESER EBU SARKI?

EINER DER MÄCHTIGSTEN MÄNNER IN DIESEM LAND. ABER ER HÄLT SICH VERSTECKT.

DIESES BILD IST EINS DER WENIGEN, DIE VON IHM EXISTIEREN.

ES WIRD GEMUNKELT...

JA?

...DASS ER IN EINEM HAREM VERBORGEN LEBT, ÄHNLICH JENEN, DIE SICH EINST UNSERE SULTANE HIELTEN.

E-EIN HAREM? IN DER HEUTIGEN ZEIT!?

EINE REIZVOLLE IDEE, NICHT WAHR?.. ABER SAG, WAS WEISST DU ÜBER DIE DIEBE DEINES TAGEBUCHS? ICH MUSS ES WISSEN.

ARBEITET THESOS FÜR SIE?

JA.

AHA. DANN WISSEN SIE ALSO BESCHEID... WIR MÜSSEN SCHNELLER AGIEREN. UND ICH HASSE ÜBERSTÜRZTES HANDELN.

ES PASST NICHT ZU FRAUEN. WEDER IN DER LIEBE, NOCH IM HASS.

ZIRIA, BEGLEITE UNSEREN GAST IN ZIMMER 27. SIE SOLL SICH AUSRUHEN.

ZIMMER 27?.. ABER DAS IST DOCH...

BELEGT. ICH WEISS.

ABER ICH GLAUBE, UNSERE FREUNDIN WIRD ES UNS NICHT ÜBELNEHMEN.

45

DU?

GENAU.
ICH HABE
VERSUCHT, DIR
ZU FOLGEN.

LEIDER WURDE ICH
AUFGEHALTEN. ABER
JETZT SIND WIR JA
WIEDER ZUSAMMEN,
UND DAS IST DIE
HAUPTSACHE.

DU BIST JA
VERLETZT!?

DU MUSSTEST EIN
WEILCHEN WARTEN, BIS
MADAME FAZILA MICH
VERSORGT HATTE. SIE
BESITZT VIELE TALENTE.

SEHR
WERTVOLLE.

WIE HAST
DU MICH
GEFUNDEN?

ICH HABE
THESOS' LADEN
BEOBACHTET.

ICH WUSSTE, DASS
KEMAL DICH IRGEND-
WANN DAHIN
BRINGEN WÜRDE.

DU HAST MIR
DAS LEBEN
GERETTET.

ICH
STEHE IN
DEINER
SCHULD.

DANN
BEGLEICHE
SIE DOCH.

UND WIE?..
GIB MIR EINEN
TIPP...

ICH...
HÄTTE DA...
EINE IDEE...

VERSTEHE... ICH
SOLL DICH KÜSSEN.

FÜR DEN ANFANG.

MICH AUSZIEHEN.

DAS WÄRE
AUCH NICHT
SCHLECHT.

UND DICH VER-
WÖHNEN... MIT
DEM MUND.

DEIN MUND
WÄRE PER-
FEKT DAFÜR.

UND..?

38

46

WIE DU MIR AUFGETRAGEN HAST, HABE ICH DIE SZENE DURCH DAS VERSTECKTE GUCKLOCH VERFOLGT. SIE MACHT IHRE SACHE GUT. SIE HAT SOGAR VIEL...

...SPASS DARAN. DU KÖNNTEST SIE NACH DEINEN BEDÜRFNISSEN FORMEN.

HM... ICH HABE ANDERE DINGE FÜR IHRE AUSBILDUNG IM SINN.

des Mordes an mehreren Frauen angeklagt. Er flüchtete

WIR BRINGEN SIE ZU DIESEM MANN...

MEINE MUTTER STARB VORIGES JAHR. IN IHREM SCHREIBTISCH FAND ICH EIN TAGEBUCH, IN DEM SIE VON MEINER GROSSMUTTER ERZÄHLTE... JENE FRAU, DIE FAVORITIN EINES SULTANS GEWESEN WAR. FÜR MICH WAR ES WIE EINE OFFENBARUNG...

MEINE MUTTER HATTE NIE DAVON GESPROCHEN.

ICH WOLLTE MEHR DARÜBER ERFAHREN. DESHALB KAM ICH NACH ISTANBUL. VON DEM SCHATZ DES SULTANS HATTE ICH NICHT DIE GERINGSTE AHNUNG.

IN DEM TAGEBUCH STIESS ICH AUF DEN NAMEN EBU SARKI. DANACH KAM EINE ZAHLENFOLGE. ICH HABE VERSUCHT, SIE ZU ENTSCHLÜSSELN, UND SCHLIESSLICH FAND ICH HERAUS...

DU WÜRDEST ES NICHT FÜR MÖGLICH HALTEN... ES IST DIE NUMMER EINES BANKKONTOS IN DER SCHWEIZ! EIN KONTO, AUF DEM 300 PFUND STERLING LIEGEN, NICHT MEHR UND NICHT WENIGER!

NICHT GERADE EIN VERMÖGEN... WEISST DU AUCH, WOHER DAS GELD STAMMT?

NEIN, ICH... !?

BOM BOM BOMBOM BOM

HERR IBRAM!.. IHR MÜSST EUCH VERSTECKEN!

39

47

AMIN DOMAN WOLLTE UNBEDINGT UNSERE CHEFIN SPRECHEN. ER IST UNTEN IM GROSSEN SALON.

DU ENTTÄUSCHST MICH, FAZILA. BIS JETZT MUSSTE ICH MICH NOCH NIE ÜBER DEINEN SERVICE BEKLAGEN.

ABER INZWISCHEN SCHEINST DU DEINEN GÄSTEN ALLES MÖGLICHE ZUZUMUTEN.

HAT DIR EINS MEINER MÄD-CHEN MISS-FALLEN? DANN WÄHLE EINE ANDERE, AUF MEINE KOSTEN.

DAS GEBIETET DER ANSTAND.

SPRICH DU MIR NICHT VON AN-STAND!

DU HAST DIE RÄUME DIESES HAUSES ENTEHRT, INDEM DU EINE MEINER BESUCHERINNEN ENT-FÜHRTEST! WIE KONNTEST DU DAS WAGEN!?

WAGEN?

WER BEZAHLT, DARF SICH HIER ALLES ERLAUBEN. HAST DU DAS VERGESSEN?

JA... DAS HAST DU VERGESSEN.

ABER ICH WILL DEIN GEDÄCHTNIS AUFFRISCHEN.

ICH NEHME DIESES MÄD-CHEN FÜR EINE WEILE MIT.

SIE STEHT ZU DEINER VERFÜGUNG. DU KANNST MIT IHR TUN, WAS IMMER DU MÖCHTEST.

48

JA... KEMAL HAT GEWISSE RACHEGELÜSTE.

UND DIE WILL ICH VOLL AUSLEBEN!

AUF DIE KNIE!

HALT.

LASS IHN NUR MACHEN.

REDEN WIR JETZT KLARTEXT... DIESE FRAU, KIM NELSON. DU WIRST MIR SOFORT SAGEN, WO SIE SICH VERSTECKT.

DAS WEISS ICH NICHT. WENN ICH RICHTIG SEHE, GEHÖRT SIE NOCH NICHT ZU DEN BEWOHNE-RINNEN MEINES HAUSES.

ICH WILL DICH SCHREIEN HÖREN!!!

AAAHHHH!!

KIM NELSON!.. SIE IST ES, DIE ICH WILL!

NEIN... NEIN... AUFHÖREN!

BITTE!!!

WOHIN FAH-REN WIR?

ZU DEM MANN, DER DIR ALS EINZIGER WEITERHELFEN KANN.

ZU EBU SARKI.

!!??

DU... DU KENNST IHN?

MADAME FAZILA HAT FRÜHER EINMAL FÜR IHN GEARBEITET. DAS IST EIN PRIVILEG, DAS NICHT VIELE HATTEN.

EBU SARKI... ICH KANN ES KAUM FASSEN.

!!??

DA!!... SIEH DOCH, AUF DEM KAI!!

WAS DENN?

ACH... NICHTS. ICH DACHTE, ICH HÄTTE DA EINE GESTALT GESEHEN.

EINE SELTSAME GESTALT... WIE AUS DER VERGANGENHEIT. MERKWÜRDIG VERTRAUT, UND DOCH ENTRÜCKT...

ICH GLAUBE, DIE FOTOS HABEN IHRE WIRKUNG GETAN. JEDENFALLS HABE ICH MEINEN AUFTRAG ERFOLGREICH ERLEDIGT.

43

HIER IST DAS GELD. SIE KÖNNEN ES VER-DOPPELN, WENN SIE MÖCHTEN...

AHA, JETZT WIRD ES WIRKLICH ERNST.

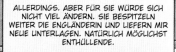

ALLERDINGS. ABER FÜR SIE WÜRDE SICH NICHT VIEL ÄNDERN. SIE BESPITZELN WEITER DIE ENGLÄNDERIN UND LIEFERN MIR NEUE UNTERLAGEN. NATÜRLICH MÖGLICHST ENTHÜLLENDE.

WIE DIE FOTOS AUS DEM ZELT?

JA, ZUM BEISPIEL. MEIN INFOR-MANT WIRD MIR SAGEN, WO SIE FÜNDIG WERDEN KÖNNTEN.

AHA... DER MANN IST ZIEMLICH GUT UNTER-RICHTET!

WOHER HABEN SIE IHN?

DAS TUT NICHTS ZUR SACHE. SIE WISSEN ALLES, WAS SIE ZU INTERESSIEREN HAT.

BILDE DIR BLOSS NICHTS EIN, ALTER!

GENIESSEN SIE DEN ANBLICK, MUSTAFA?

!!?

ÄH... I-ICH HABE DIE QUALITÄT DER FOTOS ÜBERPRÜFT...

ACH JA?

UND WIE GEFALLEN WIR ZWEI HÜBSCHEN IHNEN? SIND WIR NICHT BEGEHRENS-WERT?

UH... ÄH...

DIE LEUTE VON DER BRITI-SCHEN BOTSCHAFT WAREN SEHR ZUFRIEDEN.

„ZUFRIEDEN" GENÜGT MIR NICHT!

ICH WILL, DASS DIESE BEWEISE OFFENGELEGT WERDEN. ICH WILL, DASS SIE IHNEN DIREKT INS GESICHT SPRINGEN.

ICH SAGE DIR RECHTZEITIG, WO DEIN FOTO-GRAF DEMNÄCHST TÄTIG WERDEN SOLL.

ICH WERDE DAFÜR SORGEN, DASS ER INS INNERE DES HAREMS GELANGT.

DER EHEMANN WIRD REAGIE-REN MÜSSEN... UND DARAUF WARTE ICH SEHNLICH!

LORD NELSON...

SIR HAWKINGS ÜBERSENDET IHNEN DIESEN BRIEF. ER ER-WARTET SIE IM WINTERGAR-TEN. ER SAGTE, SIE WÜSS-TEN, UM WAS ES GEHT.

!!!

EXZELLENZ!!!

ICH HABE SIE ER-WARTET, NELSON.

EIN ÄRGERLICHES FOTO, NICHT WAHR? UND LEIDER NICHT DAS EINZIGE.

WIE DAS?!

MORGEN EMPFANGE ICH EINEN MANN IN MEINEM BÜRO, EINE ART RATTE. ER ARBEITET MITUNTER FÜR UNS.

ER WÜHLT MIT VERGNÜGEN IN MÜLLKÜBELN.

SEINERZEIT WAR ER EIN RECHT GUTER FOTOGRAF.

IST DAS FOTO VON IHM?

DIE FOTOS! DAS ERSTE ZEIGT ZWEI JUNGE FRAUEN, DIE ARM IN ARM AUS EINEM ZELT KOMMEN... HALB NACKT.

AUF DIESEM HIER SEHEN SIE DAS EINTREFFEN EINER NEUEN GESPIELIN IM HAREM DES SULTANS. ICH VERMUTE, SIE KENNEN DIE DAME, NELSON.

46

2. DREISSIG GLOCKEN

Zu einer Initiation gehören seit jeher Rituale. Gesprochene Riten und gedachte, Riten des Körpers und des Begehrens. In dieser Geschichte ist vom Ritus der „Dreißig Glocken" die Rede, sowie vom Ritus der Worte in der Sprache der Diplomatie, die immer zugleich eine Prüfung darstellt.

Es ist ein Spiel mit Zwang und Freiheit. Und es wird allmählich Ernst, die Illusionen schwinden. Einige akzeptieren ihre Grenzen, andere versuchen, sie zu überwinden. Manche leben ihr Leben, andere erfüllen ihr Schicksal. Wer ist der Weisere? Schwer zu sagen...
Nicht jedem Menschen ist ein Schicksal aufgegeben.

Um in den Harem zu gelangen, in sein dunkles Zentrum, hart wie schwarzer Diamant, bekommen zwei Frauen einen Gürtel mit dreißig Glocken umgelegt. Nach jeder bestandenen Prüfung – einer fatalen Mischung aus Unterwerfung und Masochismus – wird eine Glocke entfernt.

Aber machen wir uns nichts vor: Das Klingen der Glocken gleicht Kanonenschüssen. Versagen zieht einen Tod auf dem Schlachtfeld nach sich.

Auf Betreiben der arabischen Länder wollen die Haschemiten das osmanische Reich stürzen, das seit Jahrhunderten die moslemische Welt beherrscht. England unterstützt das Vorhaben. Das Erscheinen des Lawrence von Arabien zeichnet sich ab, er stärkt Faizal gegen die Türken, die ihrerseits mit Deutschland verbündet sind.

Ein Fluch verurteilt unsere Heldin dazu, ihrer Unschuld verlustig zu gehen. Ihr können die Autoren helfen, denn noch ist nichts entschieden. Den Lauf der Historie dagegen können sie nicht ändern, er hat sich bereits vollzogen.

Jean Dufaux, Februar 2002

ICH SUCHE NACH EINER FRAU...

...DIE EINEM SCHWARZEN TEUFEL NACHLÄUFT.

EBU SARKI!.. DIESER MANN IST DER TEUFEL IN PERSON!!

DER TEUFEL BEEINDRUCKT MICH NICHT. ER IST WIE JEDER ANDERE. ER HÖRT ZU, SOBALD IHN ETWAS INTERESSIERT.

MEIN INTERESSE IST ES ZU SCHWEIGEN.

DOCH DAS BEREUT MAN MITUNTER...

WO KANN ICH EBU SARKI FINDEN?

ICH FRAGE DICH JETZT ZUM LETZTEN MAL.

BEI MEIYED IST EIN ALTER MANN... ER ARBEITETE FRÜHER FÜR SARKI. ER HAT VIELES GESEHEN...

ICH HOFFE, ER HAT MIR MEHR ZU SAGEN.

SONST KÖNNTE DEIN LADEN SEHR SCHNELL ABBRENNEN.

DER ALTE... JA, ER IST HIER. WILLST DU IHN SPRECHEN?

HAST DU WAS DAGEGEN?

ICH NICHT. ER VIELLEICHT SCHON.

DU KANNTEST EBU SARKI. WAS KANNST DU MIR VON IHM ERZÄHLEN?

HE..!!

HUGNNN...
HUGNNN...

SEINE ZUNGE
WURDE HERAUS
GESCHNITTEN.
ER KANN NICHT
SPRECHEN...
NICHTS MITTEILEN,
WIE AUCH IMMER.
ER HAT ANGST...

...WIE ALLE,
DIE SARKI
GEDIENT
HABEN.

ICH VERGEUDE
MEINE ZEIT. SIE
ZITTERN ALLE
VOR ANGST.

ICH MUSS EINEN
ANDEREN WEG
FINDEN.

HIER WAR ICH
SCHON LANGE
NICHT MEHR.
SELTSAM...

IN DIESEN
MAUERN SCHEINT
DIE ZEIT STILL
ZU STEHEN.

VIELLEICHT
ERSCHEINEN
GESPENSTER...

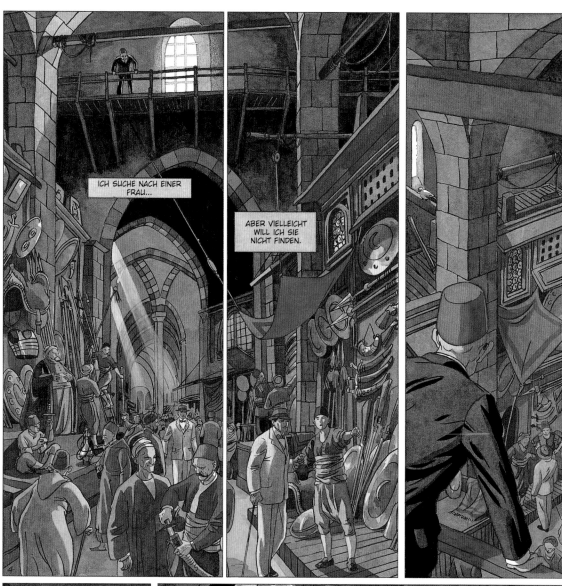

ICH SUCHE NACH EINER FRAU...

ABER VIELLEICHT WILL ICH SIE NICHT FINDEN.

NA, SCHLUCKT DER FISCH DEN KÖDER?

!!!

SIE HIER!.. MAN KÖNNTE SIE ERKENNEN!

UND?.. DIE FAVORITIN DES SULTANS IST FREI. SIE DARF ÜBERALL HINGEHEN.

IST UNSER MANN BEREIT?

DAFÜR WIRD ER SCHLIESSLICH BEZAHLT.

ZEIT, SICH ZURÜCK ZU ZIEHEN...

HAB KEINE SCHEU, SCHÖNER MANN... KOMM, DAS SCHAU- SPIEL IST DEINER AUFMERK- SAMKEIT WÜRDIG.

LORD NELSON! HIER ENT- LANG!

SIE WOLLEN MICH SPRECHEN?

ICH SUCHE DEN SCHURKEN, DER MEINE FRAU ZUR ERPRESSUNG BENUTZT!

AHA, SEINE EXZELLENZ, DER BOTSCHAFTER, HAT SIE ALSO UNTERRICHTET.

ER ZEIGTE MIR GEWISSE FOTOS.

OH, NUR EIN PAAR SCHNAPP-SCHÜSSE VOM LEBEN IM HAREM... ETWAS, DAS DIE FANTASIE UNSERER LANDSLEUTE SEHR BESCHÄFTIGT.

SIE SCHEINEN SICH DORT AUSZUKENNEN.

NUN, ICH HABE EINEN GEWISSEN ZUGANG. INTERESSIERT ES SIE?

WIEVIEL VER-LANGEN SIE?

UM SIE INS ALLERHEILIGSTE EIN-ZUSCHLEUSEN?.. EIN RISKANTES UNTERNEHMEN. SULTAN MURATI WACHT EIFERSÜCHTIG ÜBER SEINE SCHÜTZLINGE... BESONDERS ÜBER SEINE NEUSTE ERRUNGENSCHAFT.

SPRECHEN SIE NICHT SO VON MEINER FRAU, ODER ICH SCHLAGE IHNEN DEN SCHÄDEL EIN.

ABER, MILORD, ERREGEN SIE SICH DOCH NICHT SO. ICH WILL IHNEN JA HELFEN.

ZUM BEWEIS KÖNNEN WIR UNS MORGEN ABEND IM BLAUEN HAUS IN KARAKÖY TREFFEN. ABER KOMMEN SIE ALLEIN... UND UNBE-WAFFNET.

ALLEIN UND UNBEWAFFNET?

SIE WIRD WARTEN... DENN SO WILL ES DER HERR.

UND?

ICH HABE ES NICHT GESCHAFFT.

WAS NICHT GESCHAFFT?

DIR DAS WARTEN ZU ERSPAREN... DIE PRÜFUNG, WIE SIE ES NENNEN.

PRÜFUNG?!

SIE LASSEN DICH ZAPPELN... EINEN TAG ODER AUCH ZWEI...

IN DIESEM ZELT... VON DORT HOLT EBU SARKI DIEJENIGEN AB, DIE IHN SPRECHEN MÖCHTEN.

ZIEMLICH VERSCHROBEN, DER MENSCH!

ER IST EBEN VORSICHTIG.

ER WILL DICH EINSCHÄTZEN. DIE SCHWACHEN GEBEN SCHNELL AUF.

ICH GEBE NICHT AUF.

ICH WEISS, ABER ICH WARNE DICH. DU WIRST GANZ ALLEIN SEIN.

SOLANGE ICH IN DER NÄHE BIN, ZEIGT SARKI SICH NICHT.

63

DU MUSST WARTEN, OHNE ZU ESSEN UND ZU TRINKEN UND IM HALBDUNKEL... DICH AUF DIE WÜSTE EINLASSEN.

MEINE UHR... ER HAT MEINE UHR MIT-GENOMMEN.

...

TING... TING... TING... TING...

!??

SEI WACHSAM... EINER WIRD KOMMEN...

TING... TING... TING... TING...

WENN ER DIR NICHT EBU SARKIS NAMEN NENNT...

TING ... TING ... TING ...

...DARFST DU NICHTS TUN, KEINE SEINER GABEN ANNEHMEN.

...KEINE!

WASSER!!

ICH RÜHRE
MICH NICHT...
ICH WARTE.

ICH WARTE, BIS
DER KERL DEN
MUND AUFMACHT!

SCHUFT!
SCHUFT!
SCHUFT!

TING TING TING

IN DER FLASCHE IST KEIN
WASSER... ES IST EIN
KÖDER... NUR EIN KÖDER...

VVRRRRRRRRRRRRRRRRRRRRRR

UH?!

EBU SARKI.

D-DURST...

STEH AUF.
DU BEKOMMST ZU
TRINKEN, SOBALD
WIR DA SIND.

ZU SPÄT...

STEH AUF. DU SCHAFFST ES.

!!??

MALEK??

MACH SCHON!!

BEIM NÄCHSTEN STURZ IST ES AUS.

TING... TINGG..

!!

68

WO BIN ICH HIER..? IN EINEM ALTEN FILM, ODER WAS?!

ALS WÄRE DIE ZEIT ZURÜCKGESPULT... FALLS DAS NICHT ÜBERHAUPT EINE FATA MORGANA IST... EINE HALLUZINATION...

MORTA SALA!

EBU SARKIS WOHNSITZ...

GLEICH KANNST DU TRINKEN.

??

69

EIN NEUZUGANG...
SAG ASHERDAN
BESCHEID!

KOMM.

HIER HER.

DIES IST DER RAUM
FÜR DIE WASCHUNGEN.
DAS WASSER IST
GANZ SAUBER,
DU KANNST DEINEN
DURST LÖSCHEN.

VERGEUDE NICHT MEINE ZEIT.
ZIEH DICH AUS.

ABER..!!

...UND DIE
MÄNNER DA?!

WENN DU IHRE
BLICKE NICHT
ERTRÄGST,
KANNST DU NICHT
HIER BLEIBEN.

14

70

NA, WENN SCHON!

ICH KANN NICHT MEHR ZURÜCK.

FFF... ENDLICH!

MACH DICH LOCKER.

GIB DICH HIN.

SIE IST ES!!

ICH MUSS MIT IHR SPRECHEN!

HE, MILORD, NICHT ÜBERTREIBEN! DAS KOSTET UNS DEN KOPF!

SIE SCHEINT JA NICHT IN GEFAHR ZU SEIN... SEHEN SIE NUR, WIE SIE DIE BEHANDLUNG GENIESST! SIE FINDET LANGSAM GESCHMACK DARAN!

ELENDER!.. GEH WEG DA!

NICHT DRÄNGELN, WERTESTER!

MACH DICH LOCKER... GIB DICH HIN.

EINS FEHLT NOCH.

DIESE KORDEL...

LEG SIE UM DEINE TAILLE.

JEDE GLOCKE ENTSPRICHT EINER NACHT MIT EINEM SKLAVEN, DEN ICH BESTIMMEN WERDE.

WENN DU IHN BEFRIE-DIGST, WIRD DIE GLOCKE ABGENOMMEN. SOBALD ALLE AUFGEBRAUCHT SIND, BEHERRSCHST DU DIE LIEBESKUNST...

...UND BIST BEREIT FÜR DEN SULTAN.

ABER DIR WILL ICH GEFALLEN, NICHT DEM SULTAN.

DANN MUSST DU MEINEM HERRN GEFALLEN.

ICH WERDE DICH BELOHNEN. UND WENN MEIN HERR DICH NIMMT, BIN ICH AN DEINER SEITE.

SOLANGE DU... DU MICH NICHT VERLÄSST...

NEIN...
ALSO
WIRKLICH!!

DIESE GE-
SCHICHTE MIT
DEN GLOCKEN...
BIST DU WAHN-
SINNIG, ODER
WAS?!

ZUM LETZTEN MAL: DU
KANNST GEHEN, WANN
IMMER DU WILLST.

ABER WENN
DU EBU SARKI
SPRECHEN WILLST,
HAST DU KEINE
ANDERE WAHL.

DU MUSST OHNE
WIDERSPRUCH
GEHORCHEN.

PFF...
DAS GANZE
IST JA EIN
ALBTRAUM.

UND... DU WÄHLST
MEINE DREISSIG
LIEBHABER AUS?

DU WIRST
NICHT
GESCHONT.
DEINE NÄCHTE
WERDEN
LANG SEIN.

UMSO BESSER, ICH
SCHLAFE MOMENTAN
SCHLECHT. ICH BIN
EINVERSTANDEN.

DU BIST
STOLZ.

WIR WERDEN
DIESEN STOLZ
BRECHEN. BIST DU
AUFSÄSSIG, WIRST
DU BESTRAFT. UND
FÜRCHTE MEINEN
NAMEN...

ASHERDAN!

SCHON RECHT...
DU GROSSER
BÖSER WOLF.

EXZELLENZ.

ICH DANKE IHNEN, DASS SIE MEINER BITTE NACHGEKOMMEN SIND. ICH MUSS SIE SPRECHEN.

ICH HOFFE, DIESER ORT IST IHNEN RECHT.

GESCHÜTZT VOR NEUGIERIGEN BLICKEN.

VOLLKOMMEN. ICH LIEBE DIESE STELLE, DIESE HERRLICHE AUSSICHT.

SIE SIND EIN GLÜCKLICHER MENSCH.

ICH WÄRE ES GERN. ABER DIE ZEITEN SIND HART.

HART FÜR WEN?

FÜR EINEN MEINER ATTACHÉS, DEN SIE VERMUTLICH KENNEN – LORD NELSON.

JA, ICH BIN IHM BEGEGNET. EIN ACHTBARER MANN. UND SEINE GATTIN IST REIZEND.

18

SO REIZEND, DASS SIE SIE IHREM HAREM EINVERLEIBEN MÖCHTEN, EXZELLENZ?

ICH EINVERLEIBE NIEMANDEN, SIR HAWKINGS. ICH KAUFE.

EXZELLENZ HABEN DOCH NICHT ETWA LORD NELSONS GATTIN GEKAUFT?

ICH DENKE, SIE IST AUS EIGENEM ANTRIEB GEKOMMEN. ICH WERDE SIE BITTEN, IHREM MANN IN DIESEM SINN ZU SCHREIBEN.

74

NICHT, EXZELLENZ! DER SKANDAL WÄRE UNAUSDENKBAR!

LADY NELSON HAT IHR JOCH GEWÄHLT. UND DAS SCHEINT NICHT IHR GATTE ZU SEIN. WAS KANN ICH DA TUN?

SCHICKEN SIE SIE ZURÜCK!

HALTEN SIE MICH FÜR EINEN RÜPEL? ICH RESPEKTIERE LADY NELSONS WÜNSCHE, SIE IST FREI.

SIE KANN GEHEN, WANN IMMER SIE WILL.

DAS IST EINE PRIVATSACHE, SIE BETRIFFT UNSERE DIPLOMATISCHEN BEZIEHUNGEN NICHT. DAS SEHEN SIE DOCH AUCH SO?

EXZELLENZ LASSEN MIR KEINE WAHL. SIE WERDEN VERSTEHEN, DASS ICH AUF LORD NELSONS BITTEN NICHT MEHR REAGIERE.

DIPLOMATEN WISSEN MIT WÜTENDEN, DÜPIERTEN MÄNNERN UMZUGEHEN.

ES IST AN IHM, SEINE FRAU ZURÜCKZUEROBERN, SIR. WIR WIDERSETZEN UNS NICHT.

MEINE FRAU ZURÜCKEROBERN!!?

WIE KANN ER ES WAGEN..?!!

ICH WEISS, ES IST EINE PROVOKATION. ABER WIR KÖNNEN NICHT EINSCHREITEN.

ES GÄBE EINEN SKANDAL. SIE WÄREN EINE LÄCHERLICHE FIGUR.

JA, IHRE FRAU HAT SIE IN EINE DUMME LAGE GEBRACHT, MEIN BESTER. SPIELEN SIE DEN KAVALIER, WENN SIE SIE WIEDERHABEN WOLLEN.

19

NUN GUT. IMMERHIN BIN ICH NIEMANDEM RECHENSCHAFT SCHULDIG.

ALSO DANN...

MORGEN FRÜH ERHALTEN SIE MEIN DEMISSIONSGESUCH.

EINE LETZTE BITTE, SAMUEL... DIESER FOTOGRAF...

LASSEN SIE IHN VERSCHWINDEN.

WIR BRAUCHEN IHN NICHT MEHR.

WIR HÄTTEN IHN OHNEHIN NICHT GEBRAUCHT.

EHRLICH GESAGT, ICH GLAUBE SOGAR...

ES HAT IHN NIE GEGEBEN.

AH, UNSER JUNGER KÜNSTLER!.. GIBT ES NEUIGKEITEN?

ALLERDINGS.

DER LORD WAR WIE VON SINNEN WEGEN DER FOTOS. ER WOLLTE MEHR WISSEN. ICH SAGTE IHM, DASS ICH ZUGANG ZUM HAREM HABE...

ER WOLLTE, DASS ICH IHN HINFÜHRE. UND DANN LIEF ALLES NACH PLAN.

SEHR GUT.

20

LIEBT ER SEINE FRAU NOCH IMMER?

MEHR DENN JE. ER WILL SIE UM JEDEN PREIS ZURÜCKHABEN.

GUT... GUT! DANN WERDEN WIR IHM EIN SCHAUSPIEL BEREITEN, DAS SEIN BLUT ZUM KOCHEN BRINGT. DAS BEGEHREN REGIERT DIE WELT, LIEBER SAMUEL, ES LÄSST UNS DIE GRÖSSTEN DUMMHEITEN BEGEHEN.

AMEN. SOLANGE ES MIR GELD EINBRINGT...

UND DAS TUT ES!

ZUFRIEDEN, LIEBER SAMUEL?

!!!

ASSOLIA... JETZT DU.

WENN SIE DICH NICHT BEFRIEDIGT, WARNE SIE. DANN WIRD SIE AUSGE-PEITSCHT.

SEHR WOHL, HERRIN.

21

EINE GLOCKE.

BRING SIE ZU JADE, SIE WIRD SICH FREUEN.

ABER WIE DENN?.. ICH HABE NICHTS ANZUZIEHEN.

NA, UND? SCHÄM DICH NICHT FÜR DEINEN KÖRPER. ALLE BEGEHREN DICH. DAS MACHT DICH NUR NOCH SCHÖNER.

O NEIN! DAS WÜRDE ICH NIE WAGEN.

DANN KNÜPFE ICH DIE GLOCKE WIEDER AN DEINEN GÜRTEL.

EINE GLOCKE WENIGER.

GUT. GIB SIE MIR.

79

FÜR DAS MEERESVOLK. ES WIRD DEINEN SIEG FEIERN.

ABER DU BIST NICHT NACKT GENUG. MORGEN WIRST DU ENTHAART.

!!

DU BIST NICHT NACKT GENUG. MORGEN WIRST DU ENTHAART.

NICHT NACKT GENUG!!?.. ALSO, WIRKLICH!

WAS DENN NOCH ALLES?!

WIDER-SPRICH NICHT UND KOMM MIT.

HINTER JEDER TÜR IST EIN KRIEGER. DU WÄHLST EINE DER TÜREN.

ANSCHLIESSEND KANNST DU EINE GLOCKE ABLEGEN.

DAS WIRD BESTIMMT NICHT LEICHT, MÄDCHEN. ABER DU HAST ES JA SELBST GEWOLLT.

NA, GUT. ICH NEHME DIESE.

WIE DU MEINST.

24

STEH AUF! DIESE FRAU GEHÖRT DIR, WENN DU SIE WILLST.

!!

NA, UND OB ICH DIE WILL!

DANN AMÜSIER DICH MIT IHR SO LANGE, BIS ICH SIE WIEDER ABHOLE.

BLAM

KOMM HER, DU!

??!

BANGG BFOMM BFOMM BFOMM Aiiiiiiiiieee

ALSO WIRKLICH...

DU BIST WOHL NICHT GANZ RICHTIG IM KOPF!

25

DER WOLLTE MICH VERGE-WALTIGEN!

ICH WILL NOCHMAL PROBIEREN!

HM... ICH GLAUBE, DU HAST DIE SPIELREGELN NICHT BEGRIFFEN.

CLAPP CLAPP

NEHMT SIE MIT!

UND VERKÜN-DET ÜBERALL, DASS SIE DEM MEISTBIETEN-DEN GEHÖREN SOLL.

!!?

SIE WIRD BIS HEUTE ABEND AN DER AUSSENMAUER VORGEFÜHRT.

26

EINEN TAGES-
LOHN FÜR
DAS MÄD-
CHEN.

SIE IST
HÜBSCH,
ABER DIE
WEISSEN
VERSTEHEN
NICHTS VON
LIEBE.

DU HAM-
MEL..!

WAS VER-
STEHST DU
DENN DAVON,
BLÖDMANN?

OH!

OHO!

HOHO!

OHH..!

HOHOHO!

RUHE!

SEI STILL,
ODER ICH
BRECHE DIR
DIE GROSSE
ZEHE.

SIE HAT FEUER.
DAS GEFÄLLT
MIR.

ZWEI TAGES-
LÖHNE.

ICH BIETE DAS
DOPPELTE!

NEIN!

!!!

!!?

DAS MÄDCHEN BRAUCHT DIE PEITSCHE.

ICH BIETE EINEN WO-CHENLOHN!

DU BIST VERRÜCKT! SOVIEL IST KEINE FRAU WERT!

KANN SEIN. ABER ICH WILL SIE.

EINEN MONATSLOHN!

??

HE! WER BIST DENN DU?..

ICH SAGTE, ICH NEHME SIE!

DANN MUSST DU MICH ÜBER-BIETEN.

DAS GEHT NICHT. KEINER VON UNS HAT SOVIEL GELD.

28

84

DIE SKLAVIN GEHÖRT DEM, DER DIESE BÖRSE GEWORFEN HAT.

DIE ANDEREN SOLLEN WEITERGEHEN.

NIMM DEN UMHANG UND KOMM MIT.

BITTE.

GEFÄLLT ES DIR HIER?

ES... ES IST BESSER, ALS ICH ERWARTET HABE.

HÖR ZU... ICH MÖCHTE DIR DANKEN...

ABER...!!?

MALEK!!

OH MALEK!!

WARUM HAST DU DAS GETAN? DU WOLLTEST MICH DOCH ALLEIN LASSEN!

JA, DAS HABE ICH GESAGT...

ABER...

ABER..?

ES WAR EIN LETZTER VERSUCH, EINEN KÜHLEN KOPF ZU BEHALTEN. EIN VERGEBLICHER VERSUCH...

WIESO?

WEIL...

SAG ES, MALEK, SAG ES...

ALSO GUT, WEIL ICH DICH LIEBE!

AH!.. MEIN SCHÖNER KRIEGER...

NIMM MICH... NIMM MICH, DAMIT ICH WENIGSTENS BEI EINER DIESER GLOCKEN LUST EMPFINDE.

30

MAMA, ICH BIN KEIN BABY MEHR, ICH BIN SCHON ZWÖLF.

DER CAPTAIN SAGTE, ICH DARF JETZT DIE UNI-FORM IMMER TRAGEN.

ICH WEISS, WEIL DU EIN FLEISSIGER SCHÜLER BIST.

ISS, MEIN JUNGE, ISS ORDENTLICH. DU BRAUCHST KRAFT FÜR DIE REISE.

GENAU. ABER DER CAPTAIN HAT MICH ERMAHNT... ER HAT SCHON LANGE KEIN GELD MEHR BEKOMMEN.

KEINE SORGE. ICH HABE GELD.

DESHALB HABE ICH DICH JA BESUCHT...

EHRLICH VER-DIENTES GELD. VON EINER MUTTER, DIE IHR KIND LIEBT, NICHT WAHR, ZIRIA?

!!??

KANN ICH DICH SPRECHEN? AN EINEM ANDEREN TISCH?

DAS WÄRE BESSER FÜR DEN JUNGEN.

ICH KOMME SOFORT ZUR SACHE, MEINE LIEBE.

ICH BRAUCHE EINE AUSKUNFT. DU WIRST SIE MIR GEBEN, SONST...

SONST..?

31

DENK NACH... EINE FRAU IN DEINER LAGE MIT EINEM KIND, DAS IST DOCH IDIOTISCH. SCHLIMMER NOCH – EIN LIEBESDIENST, DEN DU DIR GAR NICHT LEISTEN KANNST. AUCH WENN DU BIST JETZT LADY FAZILA DIE WAHRHEIT VERHEIMLICHEN KONNTEST.

STELL DIR VOR, ICH ERZÄHLE IHR DEINE GESCHICHTE... DU SCHULDEST IHR VIEL GELD. SIE WIRD DICH WEGJAGEN, DU WÜRDEST VERKAUFT. ICH BEKÄME DICH SEHR BILLIG...

UND WÜRDE DICH KEMAL GEBEN. DU KENNST SEINE VORLIEBEN, ER IST ZIEMLICH... BRUTAL. UND DEIN SOHN WÄRE AUF SICH GESTELLT. ES SEI DENN, KEMAL KÜMMERTE SICH AUCH UM IHN. ER HAT ZIEMLICH... FREIZÜGIGE ANSICHTEN.

WAS WOLLEN SIE WISSEN?

WO IST KIM NELSON?

ICH WEISS, SIE HÄLT KONTAKT ZU DEINER HERRIN.

DAS STIMMT. ÜBER IBRAHIM MALEK. SIE... TELEFONIEREN HIN UND WIEDER. ICH KÖNNTE VERSUCHEN, EIN GESPRÄCH ZU BELAUSCHEN.

EIN VERSUCH REICHT NICHT. ICH BRAUCHE ERGEBNISSE. SOFORT!

SIE... SOLLEN DIE AUSKUNFT HABEN. DAS VERSPRECHE ICH.

SEHR GUT. DU GIBST MIR DEN NAMEN VON DEM CAPTAIN DEINES SOHNES. ICH KENNE EINE MENGE LEUTE, DER JUNGE WIRD EINE VORZUGSBE- HANDLUNG ERHALTEN.

WENN... WENN SIE DAS TUN, GEHÖRE ICH IHNEN MIT KÖRPER UND SEELE.

SEELEN LANGWEILEN MICH. UND WEIBLICHE KÖRPER INTERESSIEREN MICH SCHON LANGE NICHT MEHR.

AUSSER VIEL- LEICHT EINER... JA, DAS MUSS ICH WIRKLICH ZUGEBEN...

32

DIESE VERFLIXTE
ENGLÄNDERIN
GEHT MIR NICHT
AUS DEM SINN...

!! MALEK?

ICH BIN
HIER.

DA - EINE
GLOCKE
WENIGER.

WENN ICH
RICHTIG SEHE,
BLEIBEN 17.

WAS IST LOS MIT DIR?..
MEINE GÜTE... BIST DU
ETWA EIFERSÜCHTIG?!

ICH VERSTE-
HE NICHT...

ICH VERSTEHE
NICHT, DASS EIN
MÄDCHEN WIE DU
DAS TUT FÜR...
WESHALB
EIGENTLICH?

FÜR GELD?

GELD, GELD!!..

33

GELD HAT DOCH JEDER, DER EINE
MEHR, DER ANDERE WENIGER. VON
REICHTUM ZU ARMUT IST ES NUR
EIN KLEINER SCHRITT. DAS HABE
ICH BEI MEINER MUTTER GESEHEN.

SIE ARBEITETE DEN GANZEN
TAG ALS STENOTYPISTIN...
UND ABENDS AUCH NOCH. ES
WAR HEIMARBEIT, KLEINE
AUFTRÄGE, MIT DENEN SIE
SICH DIE AUGEN VERDARB.
ICH WAR NOCH KLEIN, ABER
SOVIEL BEGRIFF ICH.

MEINE MUTTER HIELT DURCH, WEIL SIE IMMER AN MEINE GROSSMUTTER DACHTE, AN IHR SCHICKSAL. DAS HIELT SIE AM LEBEN... DIESE MAGIE, DIE SIE BESASS, UND DIE IN MIR WEITER ZU LEBEN SCHIEN...

HM... DIE MAGIE EINER FRAU, DIE SICH HINGAB, OHNE DIE LIEBE ZU KENNEN.

WER SAGT, DASS SIE NIE GELIEBT HAT? ICH BIN DER FESTEN ÜBERZEUGUNG, DASS SIE LEIDENSCHAFT FÜR MEINEN GROSSVATER, LORD NELSON, EMPFAND.

WIE DU LEIDENSCHAFT FÜR MICH HAST...

DU DARFST SIE NICHT VERURTEILEN! ICH SPÜRE IN MIR JADES KRAFT, IHREN STARKEN WILLEN... SIE LIEGT MIR IM BLUT.

DU WILLST WERDEN WIE SIE? DEINE MACHT IN EINEM HAREM AUSÜBEN? VORLÄUFIG WIRST DU NUR GEDEMÜTIGT UND GEHÄNSELT.

VERSTEH MICH DOCH! EINE FRAU WIE JADE KANN NICHTS DEMÜTIGEN. EIN KÖRPER, EINE GLOCKE, DIE KURZ ERKLINGT, UND DIE MAN DANN VERGISST... DAS IST DOCH UNWICHTIG.

NETT ZU ERFAHREN... UND ICH KLINGE JETZT NICHT MEHR?

IDIOT! ICH LIEBE DICH!

ABER ICH MUSS WEITERGEHEN... INS ZENTRUM DES HAREMS, ZU EBU SARKI. DORT FINDE ICH DIE ANTWORTEN AUF ALLES.

ZUM BEISPIEL, WO SICH SULTAN MURATIS SCHATZ BEFINDET.

HÖR AUF! DU WARST ES, DER DAS THEMA GELD AUFGEBRACHT HAT! ES GIBT AUCH NOCH ANDERES!

DU WILLST ES ALSO WISSEN...

ALLERDINGS!

BLAM

ICH WILL'S WISSEN!

34

MÄNNER! ALLE GLEICH! SIE REDEN UND REDEN UND STELLEN TAUSEND FRAGEN!

WÄHREND DIE FRAUEN AGIEREN!

HE, DU! BIST DU SAUBER?

SAUBER?

JA, SAUBER. KEIN KÖRPER-GERUCH, KEIN AUSSATZ, KEIN FUSSPILZ UND SO WEITER.

NA, EGAL, DU BIST GUT GENUG.

!!

LOS, ZIEH DEINE HOSE AUS!

ICH?

WER SONST?

ABER ICH HABE NICHTS DRUNTER!

UMSO BES-SER, DAS SPART ZEIT.

ZEIT..? WOFÜR?

MANN, BIST DU BEHÄMMERT! WOFÜR WOHL?

ICH BIN EIN IDIOT. ICH HÄTTE SIE NICHT WEGLASSEN DÜRFEN.

SIE STEHT UNTER SCHLECHTEM EINFLUSS.

EINEN MOMENT, FREUNDCHEN!

WIR WÜRDEN GERN WISSEN, WOHER DU KOMMST... UND WOHER DU DAS GELD HAST, DAS DU MIT VOLLEN HÄNDEN FÜR EINE WEISSE SKLAVIN AUSGIBST.

!!??

35

91

BLEIBEN NOCH SIEBEN.

DIE 23. GLOCKE.

GUT. DU HAST INZWISCHEN VIEL GELERNT. ICH HÖRE VIEL SCHMEICHELHAFTES ÜBER DICH. ICH HABE AUCH MEINEM HERRN, DEM SULTAN, DAVON ERZÄHLT.

ER GERUHT, SICH FÜR DEINE NICHTSWÜRDIGE PERSON ZU INTERESSIEREN. MORGEN HABEN WIR EINEN BEDEUTENDEN GAST. DU WIRST IHM VORGESTELLT. DAS IST EINE GROSSE EHRE FÜR DICH.

ICH... ICH WERDE MIR MÜHE GEBEN.

AH!.. WEN HABEN WIR DENN HIER!

ICH HOFFE, ICH STÖRE NICHT.

SIE STÖREN NIE, MEIN LIEBER.

ICH NEHME AN, SIE KENNEN LADY NELSON?

O JA, WIR SIND UNS BEGEGNET, ABER LEIDER MEHR NICHT.

ICH ...

36

LASS UNS ALLEIN, MÄDCHEN. ICH RUFE DICH, WENN ICH DICH BRAUCHE.

NUN, MEIN LIEBER SAMUEL, WIE FINDEN SIE SIE?

VERÄNDERT... WENN ICH SO SAGEN DARF.

...SIE SCHEINT IHR DASEIN ZU GENIESSEN.

JA, ICH GLAUBE, JETZT ENTGLEITET SIE MIR NICHT MEHR. WIR KÖNNEN DEN LETZTEN AKT EINLÄUTEN...

ICH MUSS DEN EHEMANN HABEN.

ANSCHLIESSEND ÜBERLASSE ICH IHNEN DIE FRAU. MACHEN SIE MIT IHR, WAS SIE WOLLEN.

HM... SIE IST EINEN GUTEN PRIES WERT, WAS SIE NATÜRLICH IHNEN ZU VER- DANKEN HAT.

DER EHEMANN HAT SICH AUS DEN DIENSTEN DES BOTSCHAFTERS VERABSCHIEDET. ER HAT KEINE RÜCKSICHTEN MEHR ZU NEHMEN, UND ER KOCHT VOR WUT. JETZT SOLLTE MAN IHN WIEDER IM PALAST EMPFANGEN.

DA WIRD IHN EIN SCHÖNER ANBLICK ERWARTEN...

...WIE AUS 1001 NACHT...

HIER
IST ES.

SO... MEINES
WISSENS FÜHRT DIESE
TÜR ZU EINEM NEBEN-
RAUM DES FRÜHEREN
HAMAM... DA IST FAST
NIE JEMAND.

SICHER?

SICHER.

VLOMM

WENN DAS
SO IST...

SORRY, OLD
CHAP. ICH BIN
NEUERDINGS
MISSTRAUISCH.
ICH GEHE
LIEBER ALLEIN.

SCHLÜS-
SEL UND
KARTE...

DAMIT
MÜSSTE ICH
ES SCHAFFEN.

NIEMAND DA...
DAS LÄUFT
JA BESTENS.

38

AHA,
ICH HÖRE
STIMMEN.

!??

AH, MEIN LIEBER VON HENZIG, HIER IST DAS MÄDCHEN, VON DEM WIR VORHIN SPRACHEN.

WENN SIE IHNEN GEFÄLLT, STEHT SIE ZU IHRER VERFÜGUNG.

WAS FÜR EIN REIZENDES GESCHENK...

ICH DANKE IHNEN, EXZELLENZ.

EIN DEUTSCHER?

EIN MANN. EIN ECHTER. GENIESS ES.

EINE ABWECHSLUNG VON DEN FRAUEN-GEMÄCHERN.

ABER... DAS KANN ICH NICHT... E-ER IST EIN FEIND MEINES VATERLANDES. ER HASST ENGLAND.

DEIN VATERLAND IST DER HAREM. UND MEINE WÜNSCHE SIND DIR BEFEHL, VERSTANDEN?

DU TUST MIR WEH! LASS MICH!!

ICH WARTE.

!!

HERR JUSSUF... IM GARTEN WURDE EINE LEICHE GEFUNDEN. EIN WEISSER MANN.

UNSER DIPLOMATISCHER DIENST SPRICHT EINE DEUTLICHE SPRACHE, EXZELLENZ.

BRITANNIEN ERKENNT OFFENBAR DIE ÜBERLEGENHEIT DER HASCHEMITEN IN DER ISLAMISCHEN WELT AN... ZUM NACHTEIL IHRER DYNASTIE, EXZELLENZ.

WIRKLICH?

JA. DIE ENGLÄNDER SIND PERFIDE HUNDE!

IM ZWEIFELSFALL VERBÜNDEN SIE SICH MIT DEN HASCHEMITEN, UM DAS OSMANISCHE REICH ZU STÜRZEN, DENN ES BEHINDERT IHRE PLÄNE AUF DEM BALKAN.

DIE HASCHEMITEN STAMMEN ANGEBLICH DIREKT VOM PROPHETEN AB. DIE ARABISCHEN LÄNDER HÄNGEN DIESEM GLAUBEN AN. SIE SIND IN GROSSER GEFAHR, EXZELLENZ!

DIE OSMANEN STEHEN SEIT JAHRHUNDERTEN AN DER SPITZE DER MUSLIME, MEIN HERR.

WENN SIE MIR ALLERDINGS VERSICHERN, DASS ZWISCHEN DER BRITISCHEN REGIERUNG UND DER DYNASTIE DER HASCHEMITEN OFFIZIELLE BEZIEHUNGEN BESTEHEN...

...KÖNNTE ICH MEINE HALTUNG REVIDIEREN.

ÄH... NEIN, EXZELLENZ, IN DIESEM PUNKT MUSS ICH MICH BEDECKT HALTEN.

WIR SELBST HABEN DEN HASCHEMITEN HUSSEIN ALS SCHERIF VON MEKKA EINGESETZT. ER IST UNS TREU ERGEBEN.

???

DARF ICH GEHEN, HERR? ICH WERDE GEBRAUCHT...

RICHTIG, ES WIRD LANGSAM SPÄT.

WIR SETZEN DAS GESPRÄCH MORGEN FORT, MEIN HERR. DIESE JUNGE FRAU BEGLEITET SIE IN IHRE RÄUME.

AH! EXZELLENZ VERWÖHNEN MICH IN DER TAT...

DARF ICH FRAGEN, WAS ES MIT DEN GLOCKEN AN IHREM GÜRTEL AUF SICH HAT?

SAMUEL! WAS IST GESCHEHEN?

I-ICH VERSTEHE DAS NICHT... LORD NELSON MUSS IRGENDWO IM PALAST SEIN. ER HAT MIR DEN PLAN ABGENOMMEN...

BENACHRICHTIGE DEINE MÄNNER, JUSSUF. ÜBERWACHT SEINE FRAU, DANN STOSST IHR ZWANGSLÄUFIG AUF IHN.

UND LASSEN SIE MICH WISSEN, WENN SIE SIE GEFUNDEN HABEN. ICH BIN IN MEINEN GEMÄCHERN.

MEIN HERR WIRD SICH FREUEN. DER ENGLÄNDER IST IN UNSERER GEWALT.

WENN ER EINEN SKANDAL VERMEIDEN WILL, MUSS ER SICH AUF GEWISSE KOMPROMISSE EINLASSEN.

SAGEN SIE MIR, WIE WIR HIER HERAUSKOMMEN, MEINE LIEBE.

AH... DAS WAR EINE TOLLE NACHT.

KOMPLIMENT, SÜSSE. DU BIST SEHR...

42

...BEGABT.

DU HAST EINE BELOHNUNG VERDIENT.

DIE
25. GLOCKE.

BLEIBEN
NOCH FÜNF.

GUT. DU HAST VIEL GELERNT.
ICH HÖRE VIEL SCHMEICHEL-
HAFTES ÜBER DICH. ICH HABE
AUCH MEINEM HERRN EBU
SARKI DAVON ERZÄHLT...

ER GERUHT, SICH FÜR DEINE
NICHTSWÜRDIGE PERSON ZU
INTERESSIEREN. MORGEN HABEN
WIR EINEN BEDEUTENDEN GAST. DU
WIRST IHM VORGESTELLT... DAS IST
EINE GROSSE EHRE FÜR DICH.

VERSTEHE. ICH
SOLL DEN MANN
FLACHLEGEN.

DU SOLLST SEINE WÜNSCHE
ERFÜLLEN... ALLE.

DAS GILT ZWEI GLOCKEN.
SONST WEIGERE ICH MICH.

DU BIST REICHLICH
EINGEBILDET. HAT
DICH NACH DER
GANZEN ZEIT BEI
UNS...

...NOCH KEIN
MANN GEZÄHMT?
DU WIDERSETZT
DICH?.. VIELLEICHT,
WEIL DU GLAUBST,
DU HÄTTEST EINEN
BESCHÜTZER?

DAS KÖNNEN
WIR RASCH
ÄNDERN.
KOMM MIT.

DAS GEMACH DER TAUSEND KLAGEN. TRITT EIN.

!!??

MALEK!!!

KIM...

ICH STELLE DIR NUR EINE FRAGE: WILLST DU, DASS DER MANN AM LEBEN BLEIBT?

ICH ...

ER KOMMT WIE- DER ZU SICH.

LASS MICH MACHEN.

3. DAS TATTOO

Wir befinden uns im Innern des Harems. Die Schleier fallen, und mit ihnen schwinden die Illusionen. Unter der glatten Haut schlägt ein kaltes Herz. Und auf der Oberfläche der Haut erscheint ein Tattoo.

In den Salons bereitet man den Krieg vor. Aus den Wüstenzelten erwächst eine neue Dynastie, von England unterstützt, während das alte Regime um die Erhaltung seiner Privilegien kämpft. Doch seine Stellung auf dem Schachbrett ist ungünstig. In dem heraufziehenden Krieg geht es für die Türkei um alles oder nichts.

T.E.Lawrence sagte: „An unseren Händen klebt für immer Blut, es ist unser Vorrecht. Töten und Verletzen schienen Kleinigkeiten angesichts unseres kurzen, beschädigten Lebens. Unser Lebensleid war so groß, dass die Strafe unerbittlich sein musste." Leben hieß strafen, im Krieg wie in der Liebe.

Wir begeben uns nunmehr in die Wüste. Damit bekommt unsere Geschichte zusätzlich den Reiz einer Fata Morgana. Die ehernen Pforten werden geöffnet, der verborgene Schatz lockt...

Jean Dufaux, Juli 2003

ICH SUCHE NACH EINER FRAU.

UND FÜR MEINEN RANG, MEINEN NAMEN GIBT ES NICHTS ENTWÜRDIGEN- DERES.

EIN SULTAN FRAGT NICHT. ER NIMMT.

DOCH ICH HÖRE, MR. GOLDMAN. DENN ICH BIN DER FESTEN ÜBERZEUGUNG ...

...DASS SIE MEINE FAVORITIN JADE INNERHALB KÜRZESTER ZEIT FINDEN WERDEN.

A-ABER HOHEIT... DER ENG-
LÄNDER WAR SCHULD! E-ER
HAT MICH ÜBERRASCHT... ICH
WUSSTE NICHTS VON SEINEN
MACHENSCHAFTEN. ER SCHIEN
SICH NUR SORGEN UM SEINE
FRAU ZU MACHEN. I-ICH VER-
STEHE DAS ALLES NICHT.

JUSSUF.

ICH GEBE IHNEN
DREI TAGE, UM MEINE
MÄTRESSE ZU FINDEN.

!!

GELINGT IHNEN DAS NICHT,
KOSTET ES SIE DEN KOPF.
WENN SIE MIR DAS NICHT
GLAUBEN, FRAGEN SIE DIE
LEUTE, WER JUSSUF IST.

JUSSUF
SARKI.

JU...
JUSSUF
SARKI.

SARKI...

EBU SARKI?

DAS BIN ICH. KOMM RUHIG NÄHER.

DU BIST SEHR SCHÖN... DAS HAT AUCH ASHERDAN GESAGT.

ER WOLLTE DICH MIR BESCHREIBEN, MIT SEINEN DÜRREN WORTEN.

ASHERDAN WAR ZU BESCHÄFTIGT MIT ZÄHLEN, UM DIE RICHTIGEN WORTE ZU FINDEN.

SO..? UND WAS ZÄHLTE ER?

DREISSIG GLOCKEN. DIES IST DIE LETZTE. ICH HABE DEN RITUS ERFÜLLT. UND JETZT DARF ICH ENDLICH MIT DIR SPRECHEN.

DREISSIG GLOCKEN... DREISSIG MÄNNER-KÖRPER, DIE DICH BESESSEN HABEN. NACH IHREM BELIEBEN, ZU IHREM VERGNÜGEN.

ALLERDINGS WAR ES IHR VERGNÜGEN, NICHT MEINS.

DU REDEST WIE EINE DJINN... EINE DJINN IST NACKT, WENN SIE MIT IHREM HERRN SPRICHT.

ETWA SO?

ICH MÖCHTE DICH UM EINEN GEFAL-LEN BITTEN. IN DEINEM KERKER BE-FINDET SICH EIN MANN...

LASS IHN AM LEBEN... UND ICH WILL ALLES TUN, WAS DU VERLANGST.

LIEBST DU DIESEN MANN?

ICH DACHTE, EINE DJINN KÖNNTE NICHT LIEBEN.

DU BIST ALSO BEREIT, DA DU DIE PRÜFUNG DER DREISSIG GLOCKEN BE-STANDEN HAST.

BEREIT WOZU?

MEINE GÄSTE ZU UNTER-HALTEN, WIE ES SICH GEZIEMT. DU WIRST DEINE AUFSÄSSIGKEIT ABLEGEN MÜSSEN, DJINN.

4

WARUM NENNT ER MICH SO... DJINN? ICH BIN KEINE DJINN.

ICH WERDE MIT IHM SPRECHEN, HINTERHER... ZUERST WERDE ICH SEINE GÄSTE, WIE ER SIE NENNT, ZUFRIEDEN STELLEN.

SEINE GÄSTE ZUFRIEDEN STELLEN... ICH REDE INZWISCHEN SCHON WIE EINE HURE.

EINE HURE... DAS IST ALSO AUS MIR GEWORDEN?

NEIN. DAS IST NICHT MEIN SCHICKSAL.

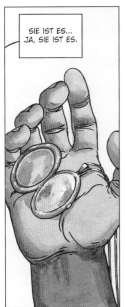

SIE IST ES... JA, SIE IST ES.

DIE FRAU, AUF DIE ICH SEIT LANGEM WARTE.

SOLL SIE DEINE FAVORITIN WERDEN? DANN DARF SIE KEINER MEHR ANRÜHREN.

NEIN... SIE SOLL DEN RITUS BEENDEN.

DAMIT SIE IN DEN HAREM GELANGT.

5

DER BASTARD HAT DIE FAVO-RITIN DES SULTANS ENTFÜHRT UND ICH RISKIERE MEINEN KOPF, WENN ICH SIE NICHT ZURÜCKBRINGE! DU MUSST MIR HELFEN, MUSTAFA!

MERKWÜRDIG... WIR ZWINGEN LORD NELSON, SICH WEGEN SEINER FRAU ZU KOMPRO-MITTIEREN, UND DANN REIST ER MIT EINER ANDEREN AB.

ZUMINDEST KAM ES ÜBERRA-SCHEND... KANNTE ER JADE DENN VON FRÜHER?

JA, ABER...

JADE IST SEHR SCHÖN. WER WEISS, WAS IN DEM ENGLÄNDER VORGEHT?

ER KAM UNS SO DESINTERESSIERT VOR... WÄHREND IN WIRKLICHKEIT... ACH JA, DIE MACHT DES BEGEHRENS.

ABER ZURÜCK ZU DER EHEFRAU. WARUM HAT SIE IHREN MANN VERLASSEN? WARUM IST SIE IN DEN HAREM DES SULTANS GEFLÜCHTET? WEIL SIE SICH VERLIEBT HATTE ...

VERLIEBT IN JADE.

ICH GEBE DIR EINEN GUTEN RAT. ÜBERWACH DIE ENGLISCHE FRAU, SIE WIRD DICH ZU DER ORIENTALIN FÜHREN. DIE BRAUNE HAUT GEBIE-TET ÜBER DIE WEISSE HAUT. UND NIMM DIESE PISTOLE, DU WIRST SIE BRAUCHEN.

WOZU?

UM DEN ENGLÄNDER AUS-ZUSCHALTEN. DIE BELEIDI-GUNG DES SULTANS MUSS GESÜHNT WERDEN.

DIESE RATTE DUZT MICH AUF EINMAL... ABER SEINE RATSCHLÄGE SIND GUT. ICH WERDE DICH FINDEN, JADE, WO IMMER DU BIST.

WO BIN ICH?

NIRGEND-WO.

JEDER ORT HAT EINEN NAMEN. ICH WILL DEN NAMEN DIESES ORTES FINDEN. UND DEN WEG HINAUS.

HIER ENDEN ALLE WEGE. AUSSERDEM WARNE ICH SIE GLEICH...

WENN SIE VERSUCHEN ZU FLIEHEN, SCHLAGE ICH IHNEN DEN SCHÄDEL EIN.

SIE WERDEN IHRE GATTIN NIE WIEDERSEHEN. DER SULTAN LÄSST SIE HINRICHTEN.

WARUM SOLLTE ICH SIE WIEDER-SEHEN WOLLEN? NICHTS KANN MEINE DEMÜTI-GUNG WIEDER GUTMACHEN. NICHTS, AUSSER ...

...NICHT-BEACHTUNG.

DAS KLEID KLEBT MIR AUF DER HAUT.

7

111

ICH MÖCHTE BADEN. FALLS DAS NICHT AUCH VERBOTEN IST.

ICH LASSE SIE NICHT AUS DEN AUGEN.

DAS IST EINFACH.

SIE GLAUBT, ES WÄRE EINFACH.

EIN FEUER? HABEN SIE KEINE ANGST, ENTDECKT ZU WERDEN?

HIER LEBT NIEMAND. DIESE GEGEND IST ABGELEGEN, WILD.

SO WILD, DASS KEINE TOURISTEN HERKOMMEN? ES GIBT DA SEHR UNERSCHROCKENE...

ICH HABE EIN GEWEHR. UND KEINE HEMMUNGEN, ES ZU GEBRAUCHEN.

UND WIE LANGE WERDEN WIR HIERBLEIBEN?

SO LANGE, BIS LADY NELSON KOMMT. NUR SIE KENNT DIESEN ORT. SIE WIRD KOMMEN.

SO IST DAS ALSO! JETZT VERSTEHE ICH.

SIE WIRD KOMMEN. IHRETWEGEN. NICHT WEGEN MIR.

UND SO SCHLAGEN SIE ZWEI FLIEGEN MIT EINER KLAPPE. SIE BEKOMMEN DIE GATTIN ZURÜCK UND RÄCHEN SICH AN DER KURTISANE.

ICH SAGTE DOCH, ICH WILL SIE GAR NICHT WIEDERHABEN.

ABER DER SULTAN WIRD DIE DEMÜTIGUNG SPÜREN. GENAU WIE ICH.

DER SULTAN WIRD DIR DEN KOPF, HÄNDE UND FÜSSE ABSCHLAGEN.

UND DEN REST VERBRENNEN.

DEINE FRAU HAT IN MEINEN ARMEN WONNEN EMPFUNDEN, VON DENEN SIE NIE ETWAS AHNTE. AUCH DIR KANN ICH SOLCHE FREUDEN BEREITEN.

IM TAUSCH GEGEN MEINE FREIHEIT... ÜBERLEG'S DIR, WENN DU DEIN LEBEN RETTEN WILLST.

LUDER!

IRGENDWIE HERRSCHT JETZT GLEICHHEIT.

GLEICHHEIT IST EIN TRUGBILD, SIR HAWKINGS.

MANCHE IHRER ZEITGENOSSEN MÖGEN SICH DARÜBER EREIFERN, ABER... SEHEN SIE SICH DOCH UM. HIER BILDET SICH NIEMAND EIN, DASSELBE WIE SEIN NÄCHSTER ZU SEIN. HIER GEHT ES UM HERRSCHAFT UND UNTERWERFUNG.

DIE GESETZE DES HAREMS... HM, DAFÜR FEHLT MIR DER SINN, FÜRCHTE ICH.

EINER IHRER LANDSLEUTE HAT DIESE GESETZE ALLERDINGS RUNDHERAUS VERHÖHNT.

WENN EXZELLENZ LORD NELSON MEINEN, SO KANN ICH VERSICHERN, DASS MEIN AMT SEIN VERHALTEN VERURTEILT. ZUDEM HAT LORD NELSON DIE BOTSCHAFT VERLASSEN, ER ARBEITET NICHT MEHR FÜR UNS.

WO BEFINDET ER SICH DANN?

!!!?

D-DAS WEISS ICH NICHT, EXZELLENZ.

ABER SAGEN SIE... SIND DIESE KOBRAS NICHT GEFÄHRLICH?

JA. WESHALB?

KEINE SORGE, RAZ FELU KANN SIE BETÖREN. NUR WENN ER AUFHÖRT ZU FLÖTEN, DANN...

...TRAGE ICH KEINE VERANTWORTUNG MEHR.

ZURÜCK ZU LORD NELSON. SOLLTEN SIE IHM ZUFÄLLIG... ICH BETONE: ZUFÄLLIG BEGEGNEN, RICHTEN SIE IHM AUS, DASS SEIN VERHALTEN UNSERE BEZIEHUNGEN NACHHALTIG VERGIFTEN KÖNNTE. UNTER DIESEN MÄNNERN IST EINER, DER IHNEN NICHT WOHLGESONNEN IST.

UND AUF DEN ICH MITUNTER HÖREN MUSS. ICH MEINE ENVER PASCHA. ER WAR VORMALS MILITÄRATTACHÉ IN BERLIN UND SCHWÖRT AUF KAISER WILHELM II.

EIN GLÜHENDER VEREHRER DEUTSCHLANDS. ER HOFFT, KRIEGSMINISTER ZU WERDEN. VIELLEICHT WIRD ER ES AUCH EINES TAGES. DIESE JUNG-TÜRKEN SIND EHRGEIZIG. SIE TRÄUMEN VON NICHTS ANDE-REM ALS VON MACHT.

FÜR DIE BIN ICH EIN GREIS... EIN MANN DER VERGANGEN-HEIT UND OHNE ZUKUNFT.

UND DIE ZUKUNFT HEISST KRIEG, NEUE BÜNDNISSE... ICH HABE RAZ FELU GEBETEN, SEINE SCHLANGEN WEGZUBRINGEN, SIE SCHEINEN SICH DARAN ZU STÖREN.

SIE SIND SEHR AUF-MERKSAM, EXZELLENZ.

WIR SPRACHEN VOM GLEICHGEWICHT ZWISCHEN IHREN LÄNDERN, DEUTSCH-LAND UND ENGLAND. ICH HABE NOCH NICHT ENTSCHIEDEN, WELCHEN WEG ICH EINSCHLAGE, WELCHEN VERBÜNDETEN ICH WÄHLE. LORD NELSON WAR EIN MISSKLANG. DEUTSCHLAND GIBT, ENG-LAND NIMMT. DAS IST ÄRGERLICH...

DEUTSCHLAND GIBT... DAS WAREN SEINE WORTE.

DA HAT ER KEINESWEGS UNRECHT.

12

116

ÖSTERREICHISCHES UND DEUTSCHES KAPITAL STRÖMT INS LAND. IM GRÖSSTEN HOTEL DER STADT, DEM PERA-PALAIS, HABEN SICH DEUTSCHE INGENIEURE UND FINANZIERS EINQUARTIERT. IHNEN VERDANKEN WIR DEN BAU DER EISENBAHNLINIE NACH BAGDAD.

DAS IST RICHTIG. DIESER VORSTOSS IN RICHTUNG AUF DEN ARABISCH-PERSISCHEN GOLF IST BESORGNIS ERREGEND. LONDON SIEHT DARIN EINE BEDROHUNG SEINER STRASSE NACH INDIEN. DER GROSSE RUDYARD KIPLING HAT DARÜBER EINEN ARTIKEL GESCHRIEBEN.

NEIN, DIESE WAHNSINNSTAT WAR WIRKLICH NICHT NÖTIG! DIE FAVORITIN DES SULTANS ZU ENTFÜHREN!!! WAS IST NUR IN IHN GEFAHREN?!

SPRECHEN SIE VON JADE?.. SIE IST OFFENBAR EINE DJINN. SIE VERGIFTET DIE MÄNNERHERZEN UND STÜRZT SIE INS VERDERBEN.

GLAUBEN SIE ETWA AN DIESEN UNSINN?

ICH HATTE NICHT DAS VERGNÜGEN, JADE ZU BEGEGNEN. FRAGEN SIE DOCH LORD NELSON...

JA, LORD NELSON... WO MAG ER SICH VERBERGEN?

SELTSAM...

NORMALERWEISE VERSPÜRE ICH KEINE LUST BEI MÄNNERN...

AUCH NICHT BEIM SULTAN?

DER SULTAN IST MEIN HERR. ICH BIN UNWICHTIG. NUR SEIN GENUSS ZÄHLT.

ABER...

ABER?

MIT DIR IST ES ANDERS. DEINE HÄNDE SIND SANFT... GENAU WIE DEIN BLICK. DU GIBST LUST... DAS IST SELTEN BEI MÄNNERN.

WAS SCHLIESST DU DARAUS?

MEHR...

MEHR.

SIE TRINKEN ZUVIEL, SCHÖNES KIND. SIE WERDEN SICH UNWOHL FÜHLEN.

ICH FÜHLE MICH NUR UN-WOHL, WENN ICH NÜCHTERN BIN, WERTER HERR.

14

ODER SOLLTE ICH SAGEN, TEURER FREIER?

DIE ECHTEN FREIER HABEN SICH BE-
REITS IN IHRE ZIMMER ZURÜCKGEZO-
GEN. SIE VERLANGEN NACH GESELL-
SCHAFT. ICH WUNDERE MICH, DASS
NOCH NIEMAND SIE GEWÄHLT HAT.

ACH, ICH BIN NICHT SO
PROFESSIONELL, WIE SIE
MEINEN. DAS MUSS MAN
DOCH MERKEN.

SIE
GESTATTEN?

ABER
BITTE.

MISS
NELSON
...

EINER UNSERER GÄSTE
VERLANGT NACH IHNEN.
IM ROSENZIMMER.

!!.. IM ROSEN-
ZIMMER?

EIN NEUZUGANG?
SIE IST BEZAU-
BERND.

UND UNBERÜHRT.

WAS IMMER IHR
AUCH GESCHIEHT,
SIE BLEIBT
UNBERÜHRT.

HEREIN.

!!? SIE ??!..

DIE WELT IST EIN DORF, NICHT WAHR? KAFFEE ODER TEE?

ICH HABE EIN VERMÖGEN GEZAHLT, UM SIE IN DIESES ZIMMER ZU BEKOMMEN. HOFFENTLICH MUSS ICH DAS NICHT BEREUEN.

SIE WISSEN GENAU, DASS ICH IHNEN AUSGELIEFERT BIN, SIE MISTKERL!!

ICH WEISS IN DER TAT EINIGES.

IM KERKER VON MORTA SALA LIEGT EIN GEFANGE-NER. SIE LIEBEN IHN, WIE ICH ANNEHME. UND SEIN LEBEN HÄNGT VON IHRER FÜGSAMKEIT AB. RICHTIG?

JETZT MÖCHTE ICH NUR WISSEN, OB IHRE OPFER-BEREITSCHAFT SO WEIT GEHT, DASS SIE MIT EINEM MANN SCHLAFEN, DEN SIE VERABSCHEUEN.

BRINGEN WIR'S HINTER UNS.

16

SIE HABEN BEZAHLT, WIE SIE SAGTEN.

SIE IST VERLIEBT... ODER ABER DIE DJINN BEKOMMT DIE OBERHAND.

ZIEHEN SIE SICH WIEDER AN. ICH STELLE GEWISSE ANSPRÜCHE, WIE SIE WISSEN. ICH MAG NUR FRAUEN, DIE SICH FREIWILLIG HINGEBEN...

...ODER AUS LUST. ALLES ANDERE LANGWEILT MICH.

?!

ERZÄHLEN SIE MIR LIEBER VON DEM GEFANGENEN, AN DEM IHNEN SO VIEL LIEGT.

HANDELT ES SICH UM DEN JUNGEN MANN, DER SIE BEI THESOS GERETTET HAT?

MALEK... IBRAM MALEK.

HE, AUFSTEHEN!

VERDAMMT, ER RÜHRT SICH NICHT MEHR!

ER WIRD DOCH NICHT...

TOT? NEIN, NICHT SO BALD!

ICH HABE
EINEN HARTEN
SCHÄDEL,
ALTER!

ZITO?

CROCKKK

ZITO FRISST
GERADE STAUB.

DIE SCHLÜS-
SEL... WO
SIND DIE
SCHLÜSSEL?

NA BITTE.

UND DESHALB
SIND MIR DIE
HÄNDE GEBUN-
DEN. SIE WER-
DEN IHN ZU TODE
FOLTERN, WENN
ICH IHNEN NICHT
GEHORCHE.

IST DAS
ALLES?

WAS MEINEN SIE DAMIT?

SIE HABEN SICH DOCH NICHT
NUR UNTERWORFEN, UM
DIESEN MANN ZU RETTEN.

NEIN... SIE HABEN EIN
GANZ BESTIMMTES ZIEL.
EIN ZIEL, DAS BETRÄCHT-
LICHE OPFER WERT IST.
EIN GOLDSCHATZ ZUM
BEISPIEL...

18

122

HIER HABEN SIE IHR NOTIZ-BUCH ZURÜCK. DARIN STEHT DER NAME EBU SARKI. WELCHE ROLLE SPIELT ER IN DIESER GESCHICHTE?

!!!

FRAGEN SIE IHN DAS SELBST.

NEIN. SIE HABEN BESSERE CHANCEN ALS ICH. HIER KÖNNEN FRAUEN VIEL MACHT ERRINGEN. SPIELEN SIE SIE AUS. ICH WERDE SIE DABEI UNTERSTÜTZEN.

ZUM ZEICHEN MEINER ZUFRIE-DENHEIT.

ALSO?

DAS HÄNGT VON IHREM ANGEBOT AB.

50/50. DAS FINDE ICH ANGE-MESSEN.

UND SIE HABEN KEINE ANDERE WAHL.

ICH... ICH DANKE IHNEN TROTZDEM. DAS ERSPART MIR EINE WEITERE DE-MÜTIGUNG, DIE... MICH EINIGES GEKOSTET HÄTTE.

ICH BIN EIN-VERSTANDEN. UNTER EINER BEDINGUNG.

DIE WÄRE?

RETTEN SIE MALEK. WIR SOLLTEN IHN MITNEHMEN.

NA GUT. WENN ER NICHTS DAGEGEN HAT, HIER WEGZU-GEHEN, SOLL ES MIR RECHT SEIN.

EINE LETZTE FRAGE NOCH...

JA?

HATTEN SIE DENN GAR KEINE LUST AUF MICH?

SIE SIND EINE FRAU MIT STIL, KIM NELSON. FRAUEN MIT STIL STELLEN SOLCHE FRAGEN NICHT. SIE KENNEN DIE ANTWORT.

ICH WEISS.

WAS WEISST DU?

DAS WESENT-
LICHE.

ICH WEISS, WIE DEIN HERZ
KLOPFT, SOBALD DU MEINE
SCHRITTE HÖRST. KOMM...
ICH BRAUCHE DICH.

HIER IST EINE
DOSE MIT HENNA.

SUCH DIR EINEN
KÖRPERTEIL VON
MIR AUS UND
SCHREIB DEINEN
NAMEN DARAUF.

VIELLEICHT WIRKT
DER ZAUBER...

WELCHER
ZAUBER?

WART'S AB.

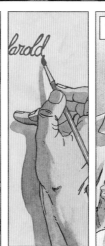

?!?

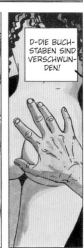

D-DIE BUCH-
STABEN SIND
VERSCHWUN-
DEN!

SO SCHNELL... DAS IST SELTSAM.

BIS JETZT WURDE IMMER NUR DER NAME MEINES HERRN AUSGELÖSCHT.

JETZT GEHÖRST DU MIR, BIS UNTER DIE HAUT.

DU SPÜRST MEIN BLUT POCHEN, MEINE MUSKELN SICH BEWEGEN, ALLES IST LEBENDIG...

...UND DU DRINGST EIN...

DU DRINGST TIEF EIN...

LASS DAS!!

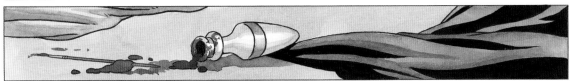

21

JADE...

HIER BIN ICH.

ICH GLAUBE, DAS BLATT HAT SICH ZU MEINEN GUNSTEN GEWENDET. ICH BRAUCHE NUR ABZUDRÜCKEN UND...

UND..?

SAG NICHTS. SCHIESS.

DIE BUCHSTABEN DEINES NAMENS... SIE BEWEGEN SICH. SIE DRINGEN MIR BIS ANS HERZ.

DA KOMMT JEMAND. ICH GLAUBE, DEINE FRAU.

??

HÜBSCH, DAS HENNA. BLEIBT ES LANGE HAFTEN?

NICHT SEHR. WENN DU WILLST, BEMALE ICH DEINEN GANZEN KÖRPER.

DAS IST GUT. ICH HABE EINEN KUNDEN, DER SICH GERN IN HAUTBEMALUNGEN ERGEHT.

??

HM... ICH WÜRDE ES GERN VERSUCHEN.

22

MEINEN GLÜCKWUNSCH.

EINER MEINER GÄSTE WAR SEHR ZUFRIEDEN MIT DEINEN DIENSTEN.

ER WIRD SOGAR SEINEN AUFENTHALT IN MORTA SALA VERLÄNGERN.

ER MÖCHTE DEINEN KÖRPER GANZ FÜR SICH.

!! HABEN SIE EINGE-WILLIGT?

NEIN.

WARUM?

DIR WIRD EINE GROS-SE GUNST GEWÄHRT...

ICH MÖCHTE, DASS DU MEINE FAVORITIN WIRST. ABER ZUVOR MUSS ICH ETWAS ÜBERPRÜFEN.

!!

RUF SELIM IM. ER SOLL FÜR UNS TANZEN.

SEHR WOHL, HERR.

BEOBACHTE SELIM GENAU. ER FÜHRT DICH IN DEN HAREM EIN. DANN WERDEN WIR SEHEN, OB DU DEINE ROLLE FINDEST.

23

MANCHMAL ENTHÜLLT MEIN LAND
ETWAS VON SEINEM ZAUBER.
VIELLEICHT VERSTEHST DU IHN.

ZAUBER..?
WELCHER ZAUBER?

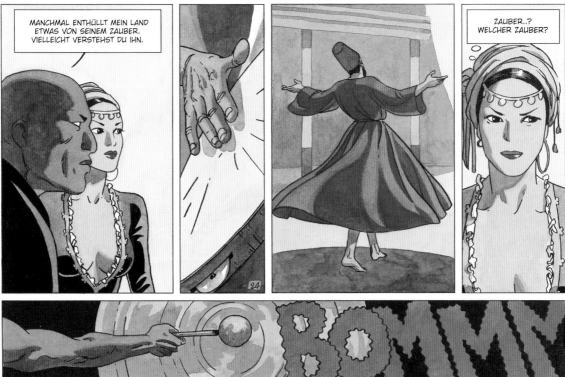

ER... ER ZEIGT MIR DEN WEG...

25

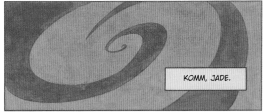

KOMM, JADE.

I-ICH BIN NICHT JADE. ICH HEISSE NELSON, KIM NELSON.

ICH MÖCHTE DIR MEIN VERTRAUEN BEWEISEN.

HINTER DIESER TÜR LIEGT DER SCHATZ, DEN UNSERE ZUKÜNF-TIGEN VERBÜNDETEN ERHALTEN SOLLEN. HÖR GUT ZU...

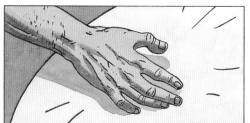

ICH... ICH HÖRE.

WEICHE ZURÜCK UND ENTSAGE, WIE ES DER HERR BEFIEHLT!

BROOMMM

KOMM MIT.

DAS BLUT UNSERES REICHS... EIN GENIE DER VERWANDLUNG, WIE ES IHM BELIEBT...

!!!

26

D-DAS IST JA MÄRCHENHAFT! ABER... DIESE VIELEN SCHLANGEN?

EINE LETZTE LAUNE DES GENIES. ABER DU MUSST KEINE ANGST HABEN...

WENN DIE ZU-GANGSFORMEL RICHTIG AUSGE-SPROCHEN WURDE, BESTEHT KEINE GEFAHR.

GEH UND ENTSAGE, AUF WUNSCH DES HERRN...

SEHR GUT. DICH HABE ICH ERWARTET.

HERR...

DU KANNST GEHEN, SELIM IM. ICH BIN MIT DIR ZUFRIEDEN.

SELTSAM, DIESER TRAUM...

ICH WAR ICH SELBST... UND ZUGLEICH EINE ANDERE.

JADES BLUT FLIESST IN DEINEN ADERN. SIE WILL, DASS DU ES WEISST... ES VERSTEHST.

WAS SOLL ICH VER-STEHEN?

NA, WO DER SCHATZ GE-BLIEBEN IST.

132

MALEK... WEISST DU NOCH? ICH WAR AUF DER SUCHE NACH MEINER GROSSMUTTER...

ICH HABE SIE GEFUNDEN. SIE WAR GAR NICHT WEIT WEG.

TUT MIR LEID...

!!

...DASS ICH DEINE SÜSSEN TAGTRÄUME UNTERBRECHE!

MALEK!!

O MALEK! MALEK!!

NICHT SO LAUT!

ICH KONNTE FLIEHEN... ABER GLEICH WERDEN SIE ALARM GEBEN. ICH MUSS SO SCHNELL WIE MÖGLICH WEG VON HIER!

ABER WIE?

ALLE AUSGÄNGE SIND BEWACHT. AUSSER EINEM.

WELCHER?

DER HIMMEL. ICH HABE IN EINEM DER ÄUSSEREN HÖFE EINEN HUBSCHRAUBER GESEHEN. ER IST UNBEWACHT.

DER HUBSCHRAUBER, MIT DEM AMIN DOMAN GEKOMMEN IST.

!! ER IST HIER!!

JA, UND ER KANN UNS NUTZEN. ABER WIR MÜSSEN DIE NACHT ABWARTEN.

WARUM?

WEIL HEUTE NACHT EBU SARKI MIR ALLE SEINE GEHEIMNISSE VERRATEN WIRD. ICH HATTE EINE VISION, MALEK. ICH WAR NICHT MEHR ICH, ICH WAR SIE...

SIE? WELCHE SIE?

JADE!

JADE... ANTWORTE DOCH!

SIE IST ES, DIE DU SUCHST?

ICH BEDEUTE DIR ALSO NICHTS MEHR?

HAROLD! ICH WUSSTE, DASS ICH DICH HIER FINDEN WÜRDE!

HIER WAREN WIR EINST SEHR GLÜCKLICH. HEUTE DAGEGEN...

...SIND ES ANDERE LÜSTE.

ANDERE...

LÜSTE...

134

MUSTAFA HATTE RECHT... FOLGE DER FRAU, UND DU WIRST NICHT ENTTÄUSCHT.

HEUTE NACHT GREIFE ICH AN.

HEUTE NACHT WIRD DIR DER HAREM SEINE GEHEIMNISSE ENTHÜLLEN.

WAS... WAS HABEN SIE IN MEIN GLAS GETAN?

EIN REZEPT DEINER GROSSMUTTER. SIE WÜRZTE DAMIT GEWISSE SPEISEN...

ES IST EIN STARKES APHRODISIAKUM. DER SULTAN SCHÄTZTE ES SEHR.

!!

UND DER SULTAN SIND JETZT SIE. DIE DEMOKRATIE BREITET SICH ÜBERALL AUS...

ZUM GLÜCK. DESHALB KANNST DU ZUM BEISPIEL MEINE FAVORITIN WERDEN.

DIE EINZIGE, DER ICH DIE MIR ANVERTRAUTEN GEHEIMNISSE VERRATEN KANN.

31

EINST VERSUCHTE EINE FRAU, DIESE PAPIERE ZU STEHLEN. ICH HABE IHR EIGENHÄNDIG DIE KEHLE DURCHGESCHNITTEN.

ICH KENNE IHREN RUF ALS MÖRDER. ES STEHT IN ALLEN ZEITUNGEN.

DARF ICH DIR DIES SCHENKEN? ES GEHÖRTE DEINER GROSSMUTTER.

!!?

DIE FAVORITIN DARF DAS HEILIGE WORT AUSSPRECHEN, DAS DIE TÜREN ÖFFNET.

DIE FAVORITIN DARF DEN WEG KENNEN... DEN WEG, DER ZUM SCHATZ FÜHRT.

DIE FAVORITIN HAT DEN SULTAN BETROGEN. DER SCHATZ IST NIE BEI DEN DEUTSCHEN ANGEKOMMEN.

W-WIE KONNTE DAS SEIN?

DAS HERZ DER FAVORITIN POCHT HEFTIG. IHRE SEELE HAT DIE HÖRNER DER DJINN ABGESTOSSEN. SIE IST FÄHIG ZU LIEBEN.

MEINE LETZTE GLOCKE...

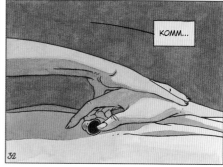

KOMM...

32

ERINNERST DU DICH?.. WER NACKT IST, KANN NICHT MEHR MOGELN.

WAS FÜR EIN REIZENDES BILD!

...UNSERE SITTEN SCHEINEN LOCKERER ZU WERDEN.

!!!

ICH HÄTTE NICHT GEDACHT, DASS SICH SO VIELE FISCHE IN MEINEM NETZ FANGEN.

SIE!!

ICH HABE DAS DEUTLICHE GEFÜHL, DASS MEIN GLÜCK GEMACHT IST.

BRING SIE AUF DIE FELUKKE, HASSAN. ICH SCHAUE MICH NOCH EIN WENIG IM HAUS UM.

MOMENT!!

WER HAT SIE BEAUFTRAGT? SIR HAWKINGS? DER SULTAN?

ACH, SAGEN WIR, DER MEISTBIETENDE. DAS IST VERHANDLUNGSSACHE.

ICH WERDE EINE SITUATION BEREINIGEN, DIE INS TAUMELN GERIET.

MIT SO EINEM GUTEN BLATT AUF DER HAND HABE ICH NICHTS ZU FÜRCHTEN.

DA IRRST DU DICH ABER!!

!!?

JUSSUF!

BLAMM

DIE ZWEITE RUNDE!

CROKC

BLAMM

PLINCK

DEIN MANN IST SEHR MUTIG.

JETZT STIRBST DU, ENG-LÄNDER!

NEIN!

138

ICH KÜMMERE MICH UM IHN. DU WARTEST DRAUSSEN.

JUSSUF ZÖGERTE... DAS WAR DER ENTSCHEIDENDE MOMENT. MIT IHREM BEFEHL LIESS JADE IHM DIE WAHL ZWISCHEN ZWEI HERREN – DEM SULTAN UND... IHR.

MEIN VORFAHR VERNEIGTE SICH.

SEHR WOHL, HERRIN.

JADE...

NEIN. ICH MUSS GEHEN.

ICH WEISS EINEN ORT, WO DU DICH VERSTECKEN KANNST.

DORT WIRD DICH NIEMAND FINDEN. ZU GEGEBENER ZEIT GEBE ICH DIR EIN ZEICHEN. UND DANN MUSS ALLES SEHR SCHNELL GEHEN.

DU WEISST, DASS ICH WORT HALTEN WERDE.

UND DU WEISST AUCH, WARUM.

...

DER PAKT WURDE BESIEGELT. JADE GING ZU JUSSUF. LORD NELSON HATTE FÜR DIE DJINN EINEN NEUEN REIZ BEKOMMEN, DEN REIZ DER LIEBE. EINER LIEBE, DIE ES JEDOCH VORERST ZU VERBERGEN GALT...

35

...VOR DEM SULTAN.

UND DER ENGLÄNDER... LORD NELSON?

DER ENGLÄNDER...

DIE WEISSE FRAU... LADY NELSON... SIE HAT SIE MIT EINANDER ÜBERRASCHT... IHREN MANN UND JADE.

SIE WAR BEWAFFNET... SIE SCHOSS... DER ENGLÄNDER BRACH ZUSAMMEN. ICH... ICH HATTE ANGST UM MEINE HERRIN... ICH HABE DEN SÄBEL GEZÜCKT...

DANN LAG DER KOPF DES ENGLÄNDERS VOR MEINEN FÜSSEN. IHRE LEICHEN VERDORREN JETZT IM WÜSTENSAND.

DANN WAR DEINE MISSION ALSO ERFOLG-REICH?

AUS LIEBE ZU DIR HAT DAS EHEPAAR SICH GEGENSEITIG UMGEBRACHT. SIE WAREN WAHNSINNIG VOR BEGEHREN.

OHNE JUSSUFS EINGREIFEN WÄRE AUCH MEINE FAVORITIN JETZT TOT.

NIEMAND WIRD ES WAGEN, JADE, DER ERWÄHLTEN DES SULTANS, ZU WIDERSPRECHEN.

36

140

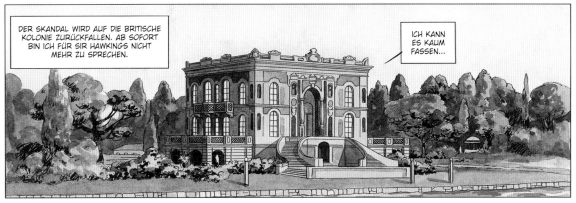

DER SKANDAL WIRD AUF DIE BRITISCHE KOLONIE ZURÜCKFALLEN. AB SOFORT BIN ICH FÜR SIR HAWKINGS NICHT MEHR ZU SPRECHEN.

ICH KANN ES KAUM FASSEN...

UND NOCH IMMER KEINE NACHRICHT VON KIM NELSON?

WIR STELLEN SEIT DREI WOCHEN NACHFORSCHUNGEN AN, SIR. LEIDER OHNE VIEL ERFOLG, WIE ICH GESTEHEN MUSS.

IMMERHIN STELLTEN WIR FEST, DASS LORD NELSON EIN HAUS BEI KANDILLI BESITZT. WIR WAREN DORT UND...

UND?

NUN... ES WAR AUFSCHLUSSREICH. UMGESTÜRZTE MÖBEL, ZERBROCHENES GESCHIRR... BLUT AUF DEN LAKEN... UND DIES.

„ICH LIEBE JADE UND ERTRAGE ES NICHT, DASS MEIN MANN SIE ANRÜHRT. MEINE FAMILIE SOLL VON DIESER TRAGÖDIE NICHTS ERFAHREN."

IHRE HANDSCHRIFT?

WIR HABEN SIE ÜBERPRÜFT. DER BRIEF STAMMT VON LADY NELSON.

JETZT MÜSSEN WIR NOCH DIE LEICHEN FINDEN. WIR SUCHEN FIEBERHAFT DANACH.

37

JADE?

JA?

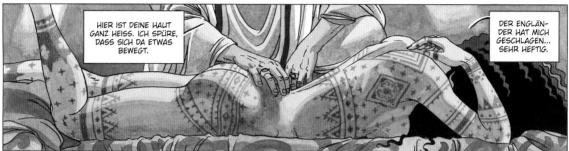

HIER IST DEINE HAUT GANZ HEISS. ICH SPÜRE, DASS SICH DA ETWAS BEWEGT.

DER ENGLÄNDER HAT MICH GESCHLAGEN... SEHR HEFTIG.

MERKWÜRDIG. ES SIEHT NICHT AUS WIE VON EINEM SCHLAG.

ES SCHMERZT ABER GENAUSO.

SCHMERZ... JA, DEN SPÜRE ICH.

MEIN ENTSCHLUSS STEHT FEST, JADE. ICH HABE DEN PASSENDEN VERBÜNDETEN FÜR UNSER LAND GEWÄHLT. ENVER PASCHA STIMMT MIT MIR ÜBEREIN: DIE ENGLÄNDER STAMMELN, DIE DEUTSCHEN MACHEN VERSPRECHUNGEN...

WENN DIE ENGLÄNDER STAMMELN, DANN IST ES DEIN WERK, HERR.

38

INSCH' ALLAH... ICH HOFFE, ICH IRRE MICH NICHT. DU WIRST VON HENZIG HELFEN, DEN SCHATZ AUFZUSPÜREN. DU WIRST IHM DIE HOHE PFORTE ÖFFNEN. ER KANN DEN ERSTEN SAAL BENUTZEN. DAS IST DIE LETZTE MISSION, DIE ICH DIR ÜBERTRAGE.

DIE LETZTE? WARUM?

DER SCHMERZ UND DIE SCHÖNHEIT SIND ZU GROSS. MAN SOLLTE SICH NIE IN EINE DJINN VERLIEBEN...

WAR ER DENN GAR NICHT MISS-TRAUISCH?

WER WEISS?.. VIELLEICHT FÜHLTE ER DIE NÄHE DES TODES...

...UND DER TRUG JADES GESICHT.

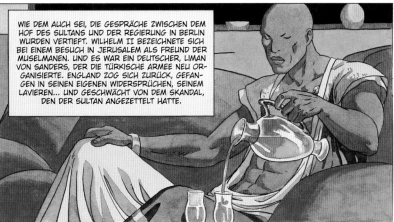

WIE DEM AUCH SEI, DIE GESPRÄCHE ZWISCHEN DEM HOF DES SULTANS UND DER REGIERUNG IN BERLIN WURDEN VERTIEFT. WILHELM II BEZEICHNETE SICH BEI EINEM BESUCH IN JERUSALEM ALS FREUND DER MUSELMANEN. UND ES WAR EIN DEUTSCHER, LIMAN VON SANDERS, DER DIE TÜRKISCHE ARMEE NEU OR-GANISIERTE. ENGLAND ZOG SICH ZURÜCK, GEFAN-GEN IN SEINEN EIGENEN WIDERSPRÜCHEN, SEINEM LAVIEREN... UND GESCHWÄCHT VON DEM SKANDAL, DEN DER SULTAN ANGEZETTELT HATTE.

WIE ER GEWÜNSCHT HATTE, ZOG EINE LANGE KARAWANE IN DIE WÜSTE, ANGEFÜHRT VON SEINER FAVORITIN UND HENZIG...

39

!! .. HABEN SIE DAS GEHÖRT!!?

HALT! ALLES ANHALTEN! NICHT WEITER REITEN!!

!!!

KEHRT UM! SIE WERDEN EUCH NICHT MEHR GEHEN LASSEN...

WER IST DIESER SCHRECKLICHE MENSCH?

EIN ENGLÄNDER... ICH KENNE IHN. ER SPIONIERTE MEINEN HERRN, DEN SULTAN AUS.

STIMMT DAS?

NEIN... NEIN, KEINESWEGS! ICH WURDE IN EINE FALLE GELOCKT...

SIE... SIE HABEN MICH MITGENOMMEN... ABER ICH KONNTE FLIEHEN...

SIE BEOBACHTEN EUCH! DIES IST EIN HINTERHALT. SIE HAT SIE GEWARNT...

40

144

ICH BEGREIFE NICHTS VON DEM GEFASEL. IM ÜBRIGEN...

BLAM!

...VER-STEHE ICH ENGLÄNDER OHNEHIN NICHT.

UND DIE KARAWANE ZOG WEITER. UNGLÜCK ÜBER ALLE, DIE NICHT HALT MACHEN UND AUF DIE FATA MORGANA, DIE STIMME DER WÜSTE, HÖREN. DENN DABEI GEHT ES NICHT UM VERSTEHEN... SONDERN UM GLAUBEN.

SAMUEL GOLDMANS LEICHE VERSANK IM SAND, BIS SIE SELBST ZU SAND WURDE, ZU KÖRNERN, ZU WEISSEM NICHTS.

UND SOLLTE DIE KARA-WANE JEMALS IHR ZIEL ERREICHT HABEN...

DA!

!!

41

...SO VERSCHWAND SIE WIE DURCH ZAUBER. DIE SKLAVEN, SOLDATEN, REITTIERE... NICHTS BLIEB VON DEM EINDRUCKS-VOLLEN AUFGEBOT UNTER HENZIGS FÜHRUNG.

WAS GESCHAH MIT IHNEN?

DIE ANTWORT FINDEST DU AN DIESEM ORT AUF DER KARTE.

ES IST DER ORT, WO DER SCHATZ LIEGT.

DER ERSTE SAAL GEHÖRT DIR. ABER NUR DER ERSTE SAAL...

UND... JADE?

DEINE GROSS-MUTTER?

DIE EREIGNISSE ÜBERSTÜRZTEN SICH. DER SULTAN WURDE VON ENVER PASCHA ABGESETZT, DER SICH AN DIE SPITZE DER JUNG-TÜRKEN STELLTE.

MAN JAGTE DIE FRAUEN AUS DEM HAREM DAVON ODER SCHICKTE SIE ZU IHREN FAMILIEN.

DIE WELT BRACH ZU-SAMMEN. STATT NACH PARFUM ROCH ES NACH PULVERDAMPF.

WEIT ENTFERNT VON DIESEM CHAOS, DEM ZUSAMMENBRUCH, BRACHTE EIN DREI-MASTER JADE NACH BRITANNIEN. DENN DIE FAVORITIN WAR DER WÜSTE NICHT ZUM OPFER GEFALLEN. IM GEGENTEIL, SIE HATTE DORT NEUE KRÄFTE GEWONNEN.

SIE BLIEB STÄNDIG IN DER NÄHE EINES ENGLISCHEN EHEPAARS, EINES LORDS UND SEINER FRAU, DEREN AUGEN VOM SAND GERÖTET WAREN. SIE VERBRACH-TEN DIE NÄCHTE ABWECHSELND MIT EINANDER, UND MORGENS LEGTE DER LORD MITUNTER DEM KAPITÄN EIN GOLDSTÜCK AUF DEN TISCH. DEM ABENTEURER GEHÖRT DIE WELT. FALLS ER ÜBERLEBT...

SIE ÜBERLEBTEN. UND JADES LEIB WÖLBTE SICH ZUNEHMEND. ALS SIE JEDOCH IHRE NEUE BLEIBE BEZOGEN, EIN LANDHAUS IN WILTSHIRE, TRUG LADY NELSON DAS KIND IM ARM.

WAR DAS KIND MEINE MUTTER?

SIE ERHIELT DEN NAMEN NELSON. JADE WAR EINVERSTANDEN.

BOM
BOM
BOM

GNÄDIGER HERR!

WER WAGT ES, MICH ZU STÖREN?

VERZEIH, HERR, ABER ES IST WICHTIG! DER GEFANGENE IST GEFLOHEN!!

AH!

WAS IST LOS?

EINE DRINGENDE ANGELEGENHEIT. ICH MUSS GEHEN.

JETZT ODER NIE!

147

NIEMAND DA!

DIESES MAL NUTZE ICH MEINE CHANCE!

DOMAN... MACH AUF, ICH BIN'S!

TOC TOC

KOMMEN SIE NUR HEREIN, MEINE LIEBE. HABEN SIE ERREICHT, WAS SIE WOLLTEN?

!!!

SCHADE, KIM.

DU SAGTEST, ICH KÖNNTE IHM VERTRAUEN. ICH WAR LEICHTSINNIG.

DER SCHATZPLAN... WENN ES DAS IST, WAS SIE WOLLTEN.

44

ICH DACHTE, WIR WÄREN PARTNER.

OH, ICH WÜSSTE KEINEN BESSEREN PARTNER ALS DIESES STÜCK PAPIER.

ES WIRD IHNEN NICHTS NUTZEN OHNE DIE FORMEL ZUM ÖFFNEN DER TÜR. UND DIE FORMEL KENNE NUR ICH.

AHA.

ALSO GUT. SIE NEHMEN MIR WOHL NICHT ÜBEL, DASS ICH ES VERSUCHT HABE.

SCHWEIN!

CROK

ICH WERDE DICH...

45

WARTE! KANNST DU EINEN HELIKOPTER FLIEGEN?

!??

ICH KANN ES.

DIE ZEIT DRÄNGT. GEHEN WIR.

HERR!.. SIE HABEN DEN HUBSCHRAUBER GESTARTET!

GUT. UND SIE AHNEN NICHTS?

WOHER SOLLTEN SIE ES WISSEN, HERR?

LEB WOHL, MORTA SALA.

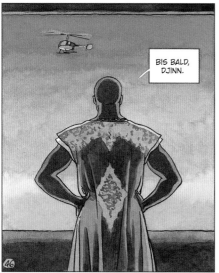

BIS BALD, DJINN.

DU LÄSST SIE ENT-KOMMEN?

SIE MUSS IHREM SCHICKSAL GEHORCHEN, ASHERDAN. FAVORITIN ZU SEIN, GENÜGTE IHR NICHT. SIE HAT EINEN ANDEREN WEG GEWÄHLT...

GENAU WIE IHRE GROSSMUTTER JADE.

4. DER SCHATZ

Das Spiel mit der Zeit in DJINN gleicht dem Herzstolpern angesichts einer erfüllten Sehnsucht oder eines schmerzlichen Verzichts. Auf unserer kleinen Bühne gebieten wir über die Zeit. Doch da das Geschehen sich ins Historische ausweitet, sind einige Erläuterungen angebracht.

Am 28. April 1909 verlässt Sultan Kalif Abdulhamid II seinen Palast in Jildiz und begibt sich zum Bahnhof Sirkeci, wo ihn der Sonderzug nach Saloniki erwartet. Er geht ins Exil, und damit endet eine Reichsform. Sein jüngerer Bruder Mehmet V Resad folgt ihm auf dem Thron. In Wahrheit geht die Macht an die Jungtürken über, die nationalistische Bewegung unter Enver Pascha. Anfangs versuchen die Jungtürken, Abdulhamids Vermögen bei der Deutschen Bank, der Osmanischen Bank und Crédit Lyonnais zu requirieren.

Es handelt sich um 122.000 Türkische Pfund, über 16.000 Aktien der Anatolischen Eisenbahngesellschaft sowie 3.000 Aktien der Hafengesellschaft von Saloniki. Dieser Schatz soll den Offizieren der türkischen Armee im Beisein des deutschen Generalkonsuls übergeben werden. Und hier entsteht die Legende vom Schatz des Sultans, den zwei Länder begehren... und zwei Frauen.

Während des ersten Weltkriegs, von Oktober 1911 bis Ende 1918, verzettelt sich die Hohe Pforte auf Schlachtfeldern in Tripolitanien, auf dem Balkan. Am 30. Oktober 1918 wird in Moudros der Waffenstillstand unterzeichnet. Die osmanische Welt ist untergegangen. Die Alliierten haben gesiegt. Die Jungtürken fliehen. Der geschlagene Sultan verschwindet zusammen mit seinem Reich am 10. Februar 1918.

Der Niedergang wird hier dadurch symbolisiert, dass der Sultan einerseits die Volièren im Palast öffnet, andererseits die Frauen seines Harems freigibt. Die Vögel kamen vermutlich um, die Frauen fielen den Soldaten in die Hände.

Ich stelle mir vor, dass Jade in die Wüste ging, wie eine Fata Morgana.

Jean Dufaux, Juni 2004

ICH SUCHE EINEN SCHATZ.

ODER EIN WAHNBILD. DENN WIE KÖNNTE MAN IN DER VERGANGENHEIT ANTWORTEN FÜR DIE GEGENWART FINDEN? TROTZDEM VERFOLGE ICH ES.

VOR VIELEN JAHREN BRACH EINE ANDERE KARAWANE IN DIE WÜSTE AUF. SIE SUCHTE NACH DERSELBEN FATA MORGANA. EINE DJINN WAR DABEI – MEINE GROSSMUTTER. UND SIE KAM ZURÜCK...

UND DIE ANDEREN?.. DAS WAR 1912.

UNSERE STREIFE FAND IHN MITTEN IN DER WÜSTE. AUFGRUND SEINER UNIFORM KONNTEN WIR IHN IDENTIFIZIEREN. ER GEHÖRTE ZUM ZWEITEN HEERESBATAILLON UNTER VON HENZIG.

"GEHÖRTE"?.. WIESO VER-GANGENHEIT?

WEIL ER JETZT NIRGENDWOHIN GEHÖRT, EXZELLENZ. SCHAUEN SIE SELBST.

KÖRPERLICH HAT ER ÜBERLEBT, ABER GEISTIG...

DIE TORE SIND OFFEN, WENN... WENN...

BERUHIGEN SIE SICH, GUTER MANN. HIER SIND SIE IN SICHERHEIT, WIR WERDEN SIE GESUNDPFLEGEN.

WENN SIE MIR NUR EINIGE FRAGEN BEANTWORTEN WÜRDEN...

FRAGEN..? JA...

EINE GUTE IDEE, MEIN HERR. MAN KANN NIE GENUG FRAGEN.

IHR VORGESETZTER WAR VON HENZIG?

VON HENZIG IST NICHT MEHR.

WOHIN WOLLTEN SIE IN DER WÜSTE?

NIR-GEND-WOHIN.

ODER DORTHIN, WO ES PFEIFT, WO ES KRIECHT... UND ICH WILL NICHT MEHR KRIECHEN.

!??

154

ABER MAN MUSS, UM DURCHZU-KOMMEN.

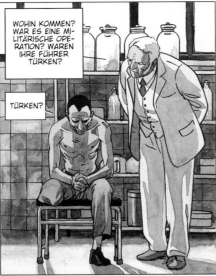

WOHIN KOMMEN? WAR ES EINE MI-LITÄRISCHE OPE-RATION? WAREN IHRE FÜHRER TÜRKEN?

TÜRKEN?

RICHTIG... DIE FRAU... SIE WAR SCHÖN... MIT IHREN TANZENDEN SCHLEIERN... WIE SIE TANZTEN...

ICH WUSSTE SOFORT, SIE WAR EINE TEUFELIN.

SIE FÜHRTE UNS INS VERDERBEN...

SIE NANNTE SICH JADE, ABER MAN KONNTE IHR NICHT IN DIE AUGEN SE-HEN... MAN MUSSTE SICH BEUGEN... KRIECHEN... UM DURCHZUKOMMEN.

!!!

STIMMT, MEINE GROSSMUTTER WAR SCHÖN UND EINE TEUFELIN... ABER WARUM SOLLTE MICH DAS ABSCHRECKEN?

ALLE SAGEN, ICH WÄRE WIE SIE...

DU BIST VERÄN-DERT.

DU HAST DJINN-BLUT. BIST DU INS INNERE DES HAREMS GELANGT?

ICH HABE DEN RITUS DER DREISSIG GLOCKEN ERFÜLLT, WENN SIE DAS MEINEN.

DAS GENÜGT NICHT. MUSLIM WIRD ES ÜBERPRÜFEN.

LEGEN SIE BITTE DAS HANDTUCH AB.

GUT... SIE SIND ENTSPANN- TER...

...UND OFFENER.

AAHHH!

AH! UNTER DER HAUT SPÜRE ICH EIN BEBEN.

4

156

EINE TÄTOWIERUNG!

EIN NAME...

WELCHER?

JADE!!!

JADE!!!

BALD WIRD SIE KEINE EMOTIONEN MEHR EMPFINDEN. VERLIEBE DICH IN KEINE DJINN, IBRAM MALEK.

SCHON GESCHEHEN, DAME FAZILA.

VON NUN AN BESITZT DU DIE MACHT.

WELCHE MACHT?

REICH ZU WERDEN, MEINE LIEBE!

!?

DIE GROSSE PFORTE ÖFFNET SICH.

SIE MÜSSEN NUR EINEN GEWISSEN SATZ SAGEN...

...DEN SIE VON EBU SARKI GEHÖRT HABEN.

DAS FEHLENDE GLIED DER KETTE.

DA EBU SARKI DICH ENTKOMMEN LIESS UND DIR DEN WEG ZUM SCHATZ WIES, HÄLT ER DICH OFFENBAR FÜR WÜRDIG.

GANZ RECHT.

BLEIBT NUR EINE FRAGE: WANN BRECHEN WIR AUF?

FÜR SO EINE EXPEDITION BRAUCHT MAN GELD.

STIMMT. UND ICH BIN VOLLKOMMEN BANKROTT. EIN ZUSTAND, DER MIR GAR NICHT BEHAGT.

ICH FINANZIERE DIE AUSRÜSTUNG. GEGEN FÜNF PROZENT VON DEM, WAS SIE FINDEN.

AUF IHREN ANTEIL?

NEIN, AUF IHREN. AKZEPTIEREN SIE ODER LASSEN SIE'S.

UND NOCH ETWAS. SIE ÜBERLASSEN MIR KEMAL.

ER HAT EINS MEINER MÄDCHEN GESCHLA-GEN.

!!

W-WAS? SIE HABEN DOCH SELBST GESAGT, ICH DÜRFTE SIE BENUTZEN, CHEF!

ABER NICHT MISSHANDELN.

DU MUSST AUSGERECHNET REDEN, DU HEUCHLER!

HOL DIE RUTE, ZIRIA.

GERN, HERRIN.

NEBENAN KÖNNEN WIR UNS UNGESTÖRTER UNTERHALTEN.

U-UND ICH?

NUN ZEIGEN SIE MAL, WAS SIE KÖNNEN.

W-WAS HEISST DAS?!

KOMMT, KINDER.

ER GEHÖRT UNS!

MOMENT!

AAAHHH!

ZIRIA RÄCHTE SICH FÜR ALLES, WAS MAN IHR ANGETAN HATTE. MINUTEN LANG SCHRIE KEMAL. DANN WAR STILLE. KEINE VON UNS REAGIERTE, KEINE INTERESSIERTE SICH FÜR SEIN SCHICKSAL. SO WEIT SIND WIR SCHON...

...WIR DREHEN UNS NICHT EINMAL UM, WENN EIN MANN STIRBT.

NA, SCHREIBST DU DEINE MEMOIREN?

NEIN, DIES IST DAS TAGEBUCH MEINER MUTTER. SIE TRÄUMTE STETS VON DEM SCHATZ, ABER SIE HATTE AUCH ANGST.

ANGST VOR DEM ABENTEUER?

DER SCHATZ IST GESICHERT, MALEK. MAN KOMMT NICHT LEICHT AN IHN HERAN.

PH... DU KENNST DIE FORMEL, WAS KANN SCHON PASSIEREN?

DAS, WAS DER DAMALIGEN EXPEDITION PASSIERTE. SIE STIESSEN AUF EINE ERDSPALTE...

NUR JADE ENTKAM...

IST DOCH GUT.

GENÜGT DIR DAS?

SOLANGE DIR NICHTS ZUSTÖSST.

WÜRDEST DU FÜR DEN SCHATZ STERBEN?

FÜR DEN SCHATZ NICHT, ABER FÜR DICH.

HM... ICH HIELT DICH FÜR EINEN GAUNER... EINEN GESETZLOSEN.

DAS BIN ICH NOCH. TROTZDEM HABE ICH DEN GRÖSSTEN FEHLER MEINES LEBENS GEMACHT.

DER WÄRE?

ICH HABE MICH VERLIEBT.

UND DAS BEREUST DU?

WÜRDE DAS ETWAS ÄNDERN?

NEIN.

DER IDIOT HAT NICHTS BEGRIFFEN!

EGAL. DIE HÖRNER DES DJINN WERDEN IHN AUFSCHLITZEN.

GENAU WIE JADE DEN SULTAN.

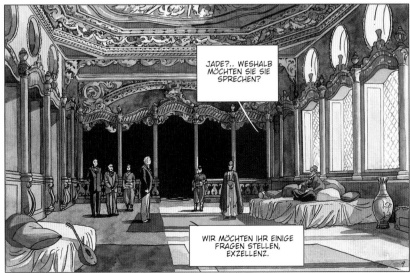

JADE?.. WESHALB MÖCHTEN SIE SIE SPRECHEN?

WIR MÖCHTEN IHR EINIGE FRAGEN STELLEN, EXZELLENZ.

ÜBER DIE EXPE-
DITION IHRER
DEUTSCHEN
VERBÜNDETEN.

WIR HABEN GRUND
ZU DER ANNAHME,
DASS IHRE FAVORITIN
DABEI WAR.

UND WENN
ES SO WÄRE...
WAS GINGE
SIE DAS AN?

EXZELLENZ, WIR INTER-
ESSIEREN UNS FÜR ALLE
MANÖVER DER DEUTSCHEN
KRÄFTE IN DIESEM LAND.

AUSSERDEM BERICHTEN
UNSERE AGENTEN, DASS
DIE EXPEDITION NICHT WEIT
VON HIER IN DER WÜSTE
VERSCHOLLEN IST.

STIMMT DAS,
JUSSUF?

HABEN
WIR KEINE
NACHRICHT
VON JADE?

ICH
FÜRCHTE,
JA,
HERR.

ENTSCHULDIGEN
SIE MICH.

VERZEIHEN SIE, EXZELLENZ,
ABER DAS VERSCHWINDEN
VON LADY UND LORD NELSON
BEUNRUHIGT UNS ZUTIEFST.

WIR FANDEN DIESEN
BRIEF VON LADY
NELSON...

10

„ICH LIEBE JADE. MEIN MANN DARF SIE NICHT ANRÜHREN, NOCH DARF MEINE FAMILIE VON DIESEM FEHLTRITT ERFAHREN."

EINE DAME VON LADY NELSONS RANG WÄRE NIE SO PATHETISCH. UND SIE VERMUTEN SELBSTMORD?

ODER EIN VERBRECHEN! EINZIG IHRE FAVORITIN JADE KANN DEN FALL AUFKLÄREN.

DAHER HOFFTEN WIR, SIE HIER ANZUTREFFEN.

ICH MUSS SIE ENTTÄUSCHEN. SIE ERHALTEN NACHRICHT, WENN ICH VON IHR HÖRE.

DARF ICH MICH NUN ZU-RÜCKZIEHEN? MEINE PFLICH-TEN RUFEN.

EXZELLENZ, WIR KÖNNEN NICHT DAS VERSCHWINDEN ZWEIER PROMINENTER STAATS-BÜRGER HINNEHMEN, OHNE GENAUESTE NACHFORSCHUNGEN ÜBER IHREN VERBLEIB ANZUSTELLEN.

IST DAS EINE DRO-HUNG, SIR?

LEDIGLICH EINE KLARSTELLUNG, EXZELLENZ.

DAS BEDEUTET KRIEG!

KRIEG...

JUSSUF...

HABT IHR MICH HINTERGANGEN, DU UND JADE?

UH...

ICH SEHE JADE NIE WIEDER, RICHTIG?

SIE WIRD DAS GOLD MITNEHMEN, DAS ICH DEN DEUTSCHEN ÜBERGEBEN WOLLTE.

GNADE, HERR, GNADE!

EINER DJINN KANN NIEMAND WIDERSTEHEN.

DA HAST DU RECHT.

ICH SPÜRE SELBST, WIE SIE MEINE EINGEWEIDE ZERFETZT.

ABER JETZT MÜSSEN WIR GEHORCHEN. DU DEINEM HERRN, ICH MEINEM SCHICKSAL.

MORGEN ÖFFNEST DU DIE VOLIÈREN.

UND HOL DIE BASKADIN, DIE GEDIKILI, DIE SARY USTA... ALLE FRAUEN DES HARAMGAH.

13

VON WESTEN WEHT EIN BÖSER, AUFRÜHRERISCHER WIND. ER WIRD PULVER UND KOHLE, GEMEINHEIT UND GIER AN DIE MACHT BRINGEN.

UNSER SCHWANKEN ZWISCHEN VERGANGENHEIT UND ZUKUNFT HAT UNS GESCHWÄCHT. DOCH DIE LIEDER UNSERER KINDHEIT WERDEN WIR NIEMALS VERGESSEN.

IHR TRAGT DIESE LIEDER IM HERZEN, UND DAMIT ENTLASSE ICH EUCH IN EINE NEUE FREIHEIT.

IHR KÖNNT ZU EUREN FAMILIEN ZURÜCKKEHREN. EINE JEDE ERHÄLT EINE MITGIFT, SO DASS IHR HEIRATEN KÖNNT.

LÖSCHT DIESEN ORT AUS EUREM GEDÄCHTNIS, DEN KLANG MEINER SCHRITTE, DES BEFEHLSGONGS, DAS KNISTERN DER VOR-HÄNGE... NICHTS DAVON DARF ÜBRIG BLEIBEN.

GEHT JETZT, UND ACHTET DARAUF, DASS DAS GRELLE ALLTAGSLICHT NICHT EURE SEELE VERSENGT.

WIR WERDEN DICH NIE VERGESSEN, HERR DER HOHEN PFORTE. DU WARST UNSER LEBEN, WIR HABEN DIR ALLES GEGEBEN. FÜR ANDERE IST NICHTS ÜBRIG.

WIR WOLLEN KEINEN ANDEREN KENNEN.

166

WAS SOLL DIESER LÄRM?

WEISST DU DENN NICHT?

15

DER SULTAN ENTLÄSST SEINE FRAUEN.

ALLE?!

ALLE. NOVIZINNEN, GATTINNEN, KONKU-BINEN... DEN GANZEN HAREM.

JUSSUF!!.. HOFFENTLICH SCHWEIGT ER!

JUSSUF... HAT JADE VOR, NACH KONSTANTINOPEL ZURÜCK ZU KOMMEN?

SIE... SIE HAT MUSTAFA GEBETEN, IHR EINEN PASS ZU BESORGEN.

NUR FÜR SIE?

N-NEIN... EIGENTLICH AUCH FÜR DIE NELSONS.

DANN LEBEN SIE ALSO. SIE WOLLEN MIT DEM SCHATZ FLIEHEN?

M-MIT DEM, WAS SIE VORFINDEN.

SIE WERDEN IHN FINDEN.

JUSSUF... NIMM DIESEN JATAGAN.

ER GEHÖRTE MEINEM VATER. DIE KLINGE WAR BISLANG UNBEFLECKT... BIS HEUTE.

DU WIRST SIE JADE IN DEN LEIB STOSSEN.

BRING MIR IHREN KOPF. DU WEISST, DIR BLEIBT WENIG ZEIT.

DU HAST EINE SCHWESTER, DIE KINDER HAT?

S-SIE WAR IMMER DANKBAR FÜR DEINE FREIGIEBIGKEIT, HERR.

DANN BEGLEICHE JETZT DEINE SCHULDEN, JUSSUF.

SIMON!

WAS JETZT? KEHREN WIR UM?

ICH KENNE DEN BEISSENDEN SAND SEHR GUT.

ALSO VORWÄRTS!

SCHNELLER! SCHNELLER!

SIE IST VERRÜCKT!

MIT IHREM LICHT UND SCHATTEN...

...NIMMT DICH DIE WÜSTE AUF.

??!!

BREMSEN!!!

VORSICHT!!!

???!!!

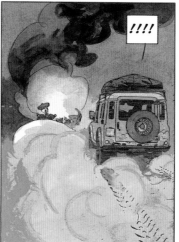

!!!!

CRAKKK

170

DA!!!

EINE SPALTE!

DA HINTEN WIRD ES HELLER!

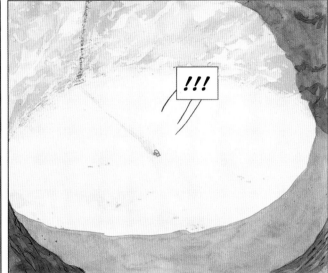

!!!

W-WAS IST DAS FÜR MÜLL?

WAS DU ALS MÜLL BEZEICHNEST...

...SIND DIE ÜBERRESTE VON JADES EXPEDITION VOR FAST EINEM JAHRHUNDERT.

AHA. WENN ICH RICHTIG VERSTE-HE, SITZEN WIR IN EINER FALLE.

JA. DER SPALT HAT SICH GE-SCHLOSSEN.

ABER ES GIBT NOCH ANDERE PFORTEN!

WO WILLST DU HIN?

JETZT WILL ICH'S WISSEN.

WEICHE ZURÜCK UND ENTSAGE, WIE ES DER HERR BEFIEHLT!

BRROOOOOOOOMMMM

20

LOS, LOS, ABFAHRT!

W-WAS WAR DAS?

WIR SIND VOR DER ERSTEN PFORTE... MITHIN GANZ NAH AM ZIEL.

DIE KARTE!

LASS NUR, DIE IST NICHT MEHR WICHTIG.

21

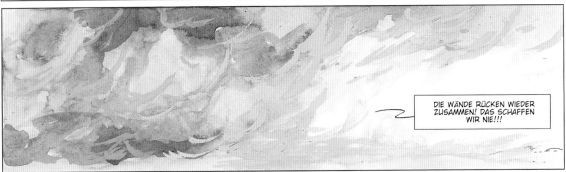

DIE WÄNDE RÜCKEN WIEDER ZUSAMMEN! DAS SCHAFFEN WIR NIE!!!

DOCH.

BBRRRWWA

HIMMEL...

WAAH...

...

D-DER STURM LEGT SICH!!

NICHTS GEBROCHEN?

I-ICH GLAUBE, MEIN BEIN.

SO WAR DAS NICHT ABGEMACHT!

SIE HABEN UNS DIE FALLE GELOCKT!

NANU!!!

EIN TEMPEL!

DORT LIEGT DER SCHATZ MEINES HERRN.

ICH HABE EUCH NICHT BELOGEN.

22

DER SCHATZ! ENDLICH!

...FÜR MEIN VATERLAND!

WAS HAT ER DENN? IST ER WAHNSINNIG?

WIESO?

FALLS ES EINEN SCHATZ GIBT... KÖNNEN WIR IHN NICHT ABTRANSPORTIEREN... OHNE LEUTE, OHNE LASTTIERE... ES IST SINNLOS... WIR WERDEN KREPIEREN...

DAS IST KEINE FATA MORGANA! ICH HAB'S GESCHAFFT!

ABER ERST, WENN DU DIE TEMPELTORE GEÖFFNET HAST.

!!!

NA SCHÖN... SIE HABEN DOCH EINE FORMEL DAFÜR.

RICHTIG. MACHEN SIE PLATZ.

WEICHE ZURÜCK, WIE ES DER HERR BEFIEHLT...

23

...WEICHE ZURÜCK!

KOMMT.

UNGLAUBLICH! DU SCHEINST DICH HIER AUSZUKENNEN...

ALLERDINGS.

ICH HABE DIES IN EINEM ANDEREN LEBEN GESEHEN... ALS DJINN.

GOTT, WIE DAS STINKT!

RIECHT WIE HANF, WIE VERFAULENDE PFLANZEN.

DAS IST EIN HALLUZINOGENES GAS! LASST UNS WIEDER HINAUF GEHEN!

NEIN. WIR MÜSSEN WEITER GEHEN.

HALTET DIE LUFT AN.

!!!

DAS DARF NICHT WAHR SEIN!

ZÜRICH BANK

TRETEN SIE RUHIG NÄHER.

ACHTEN SIE NICHT AUF DIESEN HERRN.

EIN FRÜH DAHINGE-GANGENER KUNDE. IMMERHIN HAT ER NOCH DIE FORMULARE AUS-GEFÜLLT.

ER WAR SOLDAT.

WIE WAR DOCH GLEICH SEIN NAME...

GENAU...

DIES IST SEINE AKTE. HERR VON HENZIG. GUTER STALL, GUTE KARRIEREAUSSICHTEN.

BIS ER ZUR ZÜRICH-BANK KAM. ER WOLLTE DOCH TATSÄCHLICH UNSEREN SAFE AUS-RÄUMEN, UND DAS OHNE CODE.

ZIEMLICH DREIST, NICHT WAHR?

177

I-ICH MUSS MICH ZU-
SAMMENREISSEN... NICHT
DURCHDREHEN...

ÜBRIGENS, DER
CODE... ICH NEHME
AN, SIE HABEN KEINE
PROBLEME DAMIT.

WIE BITTE?

DER CODE FÜR
IHR SCHLIESS-
FACH.

SCHLIESSLICH
GEHT ES UM
BETRÄCHTLICHE
WERTE... DER
SCHATZ DER
FRÜHEREN SUL-
TANE. GOLD, RUBINE,
OPALE... ALLES IN
SICHEREN SCHWEI-
ZER FRANKEN, EINE
VERLÄSSLICHE
WÄHRUNG.

DER CODE STAND
DOCH IN DEINEM NO-
TIZBUCH, ODER?

Z.I.B.432.000.3344.27.

GUT.

SIE
GEHÖREN
DAZU?

JA. IST
DAS EIN
PROBLEM?

FÜR MICH
NICHT. FÜR
SIE VIEL-
LEICHT.

ZIEHEN
SIE EINE
NUMMER.

26

52.

SCHLIESSFACH
52 GEHÖRT
IHNEN.

178

DER SCHLÜSSEL GEHÖRT KIM, FINDEN SIE NICHT?

WER WIRD DENN SO NAIV SEIN.

HIER TRENNEN SICH UNSERE WEGE.

SIE... SIE...

LASS IHN.

SEHR VERNÜNFTIG. WIR MACHEN DAS IN RUHE AB, NUR...

...EINIGE VON UNS GEHEN REICHER VON HIER WEG ALS DIE ANDEREN. SO SPIELT DAS SCHICKSAL...

IHR FREUND HÄTTE DAS FACH ZU LASSEN SOLLEN.

?!

!?

WAS HABEN WIR DENN DA SCHÖNES...

AAAHHHH!!

179

MEINE HAND!

MICH HAT WAS GEBISSEN!

ER SPRACH VON SCHICKSAL. ICH FÜRCHTE, DAS SEINE HAT IHN EREILT.

MÖCHTEN SIE AUCH EINMAL VERSUCHEN?

WAS... WAS WAR DAS!!?

ALLES VER- SCHWIMMT...

WIR MÜSSEN IHM HELFEN. WIR KÖNNEN IHN NICHT STERBEN LASSEN.

KEINE SORGE, ER STIRBT NICHT. ER VERLIERT NUR DAS GEDÄCHTNIS.

ER VERGISST SEINEN NAMEN, SEIN BISHERIGES LEBEN, SEINE EHRGEI- ZIGEN ZIELE.

ER IST EIN UNBE- SCHRIEBE- NES BLATT.

UND WAS LESEN SIE AUF IHREM BLATT, MISS?

ICH...

NICHT, KIM... ICH BITTE DICH!

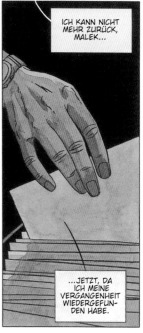

ICH KANN NICHT MEHR ZURÜCK, MALEK...

...JETZT, DA ICH MEINE VERGANGENHEIT WIEDERGEFUN- DEN HABE.

DIE 49.

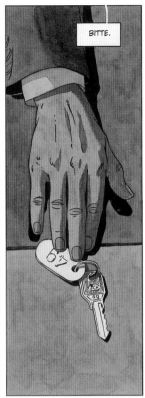

BITTE.

KRRiii

OH, VERZEIHUNG...

JA?... AH, MADAME YARI, EBEN DACHTE ICH AN SIE... IHRE EINLAGE IST EINGETROFFEN...

GANZ RECHT...

GIB HER, ICH MACHE DAS FACH FÜR DICH AUF!

NEIN!

DAS FACH GEHÖRT MIR... MIR ALLEIN!

VER-STEHE.

DU MISSTRAUST MIR.

DU HAST GANZ RECHT, EINE DJINN TRAUT NIEMANDEM. NUR SO ÜBERLEBT MAN IM HAREM.

DIE RISIKOMINIMIERUNG AUFGRUND EINER REDUKTION DER VOLA-TILITÄT DER BÖRSE SOWIE DIE DIFFERENZ ZWISCHEN DEM STAATLICHEN LEITZINS UND DEN ZINSEN DER FREIEN WIRTSCHAFT BE-RECHTIGEN ZU SCHÖNSTEN HOFFNUNGEN AUF SUBSTANZIELLE GEWINNE...

29

DIE 49.

49

44

WO BIN ICH?

RICHTIG, BEI MEINER AMME... SIE HATTE EINEN SPITZNAMEN...

WIE WAR DER NOCH?..

UND ICH HATTE DOCH AUCH ELTERN..?

DENNOCH BLEIBT EINE DIFFERENZ ZUM ZINSFUSS BEI STAATSANLEIHEN BESTEHEN. ANDERERSEITS BERECHTIGT DIE ZUNEHMENDE ERHÖHUNG DER GEWINNAUSSCHÜTTUNG ZU HOFFNUNGEN AUF EINE BESSERE POSITION IN DEN RATINGS... KEIN ZWEIFEL.

WENN DU WIRKLICH EINE DJINN BIST, WIRD DIR NICHTS GESCHEHEN...

!!??

EINE KARTE!

...MEHR NICHT?

„DER MAHA-RADSCHA VON ESCHNAPUR BITTET SIE ZUM BALL.“

WENDEN SIE SICH AN MR. PRIM.“

HAHAHA! DER SCHATZ DES SULTAN IST BLOSS EINE EINLADUNG ZUM TANZ! HAHAHA...

D-DAS KANN NICHT SEIN... DA MUSS IRGENDWO EIN FEHLER SEIN...

GENAU, ICH HÄTTE IM ABENDKLEID...

...KOMMEN MÜSSEN.

MIT RÜSCHEN. SO ETWAS STEHT MIR...

KIM!!!

SCHAU DOCH!

JA...

ICH DENKE, SIE SOLLTEN JETZT GEHEN.

ZURICH BANK

SONST VERRINGERN SICH IHRE GUTHABEN.

ZURICH BANK

HAT ES GEKLAPPT?

WUNDERT DICH DAS?

BEI EINER DJINN WUNDERT MICH GAR NICHTS. WAS HAST DU MIT DEN SOLDATEN GEMACHT?

DER WÜSTENWIND HAT IHRE KNOCHEN ABGENAGT.

DER KOMMANDANT HAT EIN JÄMMERLICHES ENDE GEFUNDEN, IN EINEM LICHTLOSEN BRUNNEN. MIT WESEN, DIE PFEIFEN UND KRIECHEN.

IM TEMPEL SIND VIELE FALLEN.

MAN VERMEIDET SIE, WENN MAN DIE FORMEL ZUM ÖFFNEN DER PFORTE RICHTIG SAGT.

DIE ZWEITE HÄLFTE HABE ICH WEGGELASSEN.

SO KENNE ICH DICH. WERDEN MEINE MÄNNER UNBEHELLIGT DURCHKOMMEN?

ICH BRAUCHE DICH, NUREDIM. UND DU MICH, WENN DU REICH WERDEN WILLST. DEINE MÄNNER HABEN NICHTS ZU BEFÜRCHTEN. DER SCHATZ GEHÖRT UNS...

WIR BRAUCHEN DIE GANZE NACHT ZUM AUSRÄUMEN DES TEMPELS. UND ZWEI TAGE BIS ZUM HAFEN, WO DAS SCHIFF LIEGT.

WARUM BLEIBST DU NICHT BEI UNS? SONST VERFOLGT DICH DER SULTAN MIT SEINER WUT, DU RISKIERST DEIN LEBEN.

NEIN. ICH VERLASSE DAS LAND AUS ANDEREN GRÜNDEN.

DU FÄHRST NICHT ALLEIN?

33

ICH WERDE NIE MEHR ALLEIN SEIN, NUREDIM.

185

UNTER DEN AUGEN DES ALLMÄCHTIGEN IST MAN NIE ALLEIN.

HEUTE LEGE ICH IHM DIE MACHT ZU FÜSSEN, DIE ER MIR GAB. DENN ICH BIN DER LETZTE. ICH WERDE DAS GROSSE FEUER BRENNEN SEHEN, DEN TOD MEINER STADT.

MÖGEN MEINE VORFAHREN MIR VERGE- BEN. ICH HATTE NICHT DIE KRAFT...

ZIEHEN SIE DIE SCHUHE AUS UND LEGEN SIE DIE WAFFEN AB.

HIER BRAUCHEN SIE KEINS VON BEIDEM.

WILLST DU DEINE BEUTE BESCHNUPPERN, ENVER PASCHA? DU BELAUERST SIE SCHON LANGE, NICHT WAHR?

ABER VOR- SICHT, DIE MACHT IST SCHWER ZU VERDAUEN.

DU WIRST MICH BALD WIEDER AUSSPUCKEN.

ICH LASSE SIE JETZT ALLEIN. HOFFENTLICH FÜHREN SIE MEIN LAND ZUM SIEG.

VERGIB UNS, HERR...

STEH AUF, FREUND.

ICH BIN NUR NOCH DAS ABBILD EINER VERGANGENHEIT, VON DER SIE KEINE AHNUNG HABEN.

END-LICH!

ICH BIN FREI!!!

WIR SIND DA.

JEMAND KLOPFT AN DIE TÜR.

187

WER IST DA?

RATE MAL... MACH AUF!

JADE!!!

ES IST GESCHAFFT! DIE WELT GEHÖRT UNS!

DU GEHÖRST MIR.

ICH GEHÖRE DIR.

ICH HABE UNSER SCHICKSAL IN NUREDIMS HÄNDE GELEGT. SEINE SCHMUGGLER WERDEN DAS GOLD NACH ENGLAND BRINGEN.

SCHMUGGLER!.. FÜRCHTEST DU NICHT, SIE KÖNNTEN UNS BETRÜGEN?

DU KENNST NUREDIM NICHT, SONST WÜRDEST DU NICHT SO FRAGEN. ICH VERTRAUE IHM VOLL UND GANZ, ER VERDANKT MIR SEIN LEBEN.

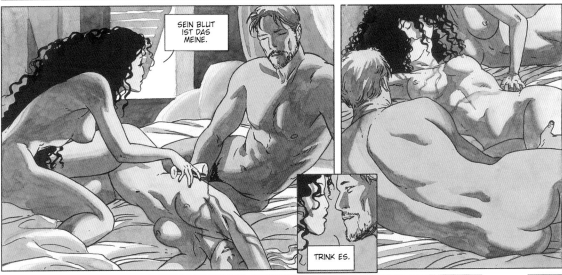

SEIN BLUT IST DAS MEINE.

TRINK ES.

TOCK TOCK

JA?

BIST DU DER FREMDE, BEI DEM EINE DJINN WOHNT?

DIE DJINN BIN ICH. WAS WILLST DU VON UNS?

ICH SOLL DIES ABGEBEN. SIE BRAUCHEN NICHT ZU BEZAHLEN.

ICH HABE SCHON ZWEI GOLDSTÜCKE BEKOMMEN.

37

189

WER HAT DICH GESCHICKT? HE, WARTE..!

WAS IST DAS?

!!??

MUSTAFA!!!

JUSSUF! DAS KANN NUR ER GEWESEN SEIN!

ABER WIE HAT ER UNS GEFUNDEN!?

MUSTAFA KANNTE DIESE ADRESSE. ER HAT MIR DIE FALSCHEN PÄSSE BESORGT, MIT DENEN WIR AUSSER LANDES GEHEN KÖNNTEN...

JUSSUF HAT IHN ZUM REDEN GEBRACHT.

ABER WARUM IST ER DANN NICHT SELBST HERGEKOMMEN?

ER WILL NUR MICH. ER HAT DIE PAPIERE. ER WEISS...

...DASS ICH ZU IHM KOMME.

...IN DEN HAREM.

DU DARFST EINTRETEN.

HIER IST NIEMAND MEHR. SIE SIND ALLE WEG.

JEDES MÄRCHEN HAT EIN ENDE... SOGAR DEINS.

UND ICH BIN FROH DARÜBER.

FROH, DASS DU EINE GEWÖHN- LICHE FRAU GEWORDEN BIST? EINE, DEREN HERZ FÜR EINEN UNGLÄUBIGEN HUND SCHLÄGT?

HAST DU MICH AUS EIFERSUCHT VERRATEN, JUSSUF?

ICH HABE MEINEN HERRN, DEN SULTAN, VERRATEN. DOCH ER VERGIBT MIR. ER FORDERT DEINEN KOPF.

AHA... UND AN MUSTAFA HAST DU GEÜBT... UND BLUT GELECKT.

DU LIEBST DEN GE- SCHMACK AUCH. AUCH DU HAST EIN KIND GETÖTET, GAR NICHT WEIT VON HIER.

ICH WAR EBEN EINE DJINN.

UND NUN BIST DU KEINE MEHR. ICH VERACHTE DICH.

HAST DU SCHON VER- GESSEN, WIE SEHR DU MICH BEGEHRTEST?

ICH WAR DIE EINZIGE, DIE DEINEN KÖRPER WÄRMEN KONNTE.

NEIN!

RÜHR MICH NICHT AN!!!

ICH KANN NICHT LIEBEN!

ICH BIN UNFÄHIG ZU LIEBEN!

MEIN NAME IST JUSSUF SARKI!

TCHA

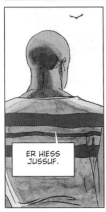

ER HIESS JUSSUF.

ER WAR MEIN VORFAHR. ICH DENKE OFT AN IHN.

ER VERLIESS UNSERE FAMILIE, UM DEM SULTAN ZU DIENEN. DER HAREM VERSCHLANG IHN, ZERSTÖRTE IHN.

40

HAST DU NEUIGKEITEN?

JA. DIESE KIM NELSON... MEINE MÄNNER SAHEN SIE BEI MADAME FAZILA. SIE WIRKTE ERSCHÖPFT.

DER SCHATZ DES SULTANS HAT SIE GELOCKT. ABER SIE HAT NICHTS GEFUNDEN.

UNMÖGLICH!

ICH SCHWÖR'S, HERR!

SIE SIND IN EINE FALLE GELAUFEN. EINE FATA MORGANA HAT IHRE EXPEDITION VERSCHLUCKT.

EINE FATA MORGANA... NUN JA.

DAMIT MUSS MAN SICH AUSKENNEN. UND DAS...

...BRINGT NUR EINE DJINN FERTIG.

ER ATMET JETZT REGELMÄSSIG.

GUT. DENN DAS HATTE ER NICHT VERDIENT.

WAS, „DAS"?

DASS ER WAHNSINNIG WIRD. WIR SIND IN EINEN BRUNNEN DER WAHNVORSTELLUNGEN GEFALLEN, ALLES WURDE PLÖTZLICH UNWIRKLICH...

AMIN DOMAN HIELT ES NICHT AUS.

IST ER EINGESPERRT?

IM ROSENZIMMER.

SIE HALTEN MICH FÜR VERRÜCKT! ZWAR IST MEIN GEDÄCHTNIS NUR NOCH WIE EIN ZERSCHLISSENER TEPPICH...

ABER AUCH WENN ICH EINE ALTE DAME BIN, HABE ICH DOCH DURCHBLICK.

EINIGE MUSTER ERKENNE ICH NOCH DARIN, ZUM BEISPIEL ...

DIESE KARAWANE, DIE DEN SCHATZ DES SULTANS DAVONTRÄGT. ES WAR KEIN TRAUM... DER SCHATZ IST ZUM GREIFEN NAH.

ODER DEN VON LICHTERN GLÄNZENDEN SAAL. DORT PLANT MAN DEN KRIEG... NUR EINE UNTERSCHRIFT, UND MILLIONEN STERBEN. DER RAUCH DER ZIGARREN RIECHT GANZ ANDERS ALS DER PULVERDAMPF.

SIE SIND AUF DAS SCHLIMMSTE GEFASST?

!!

SIE!!!

ÜBERRASCHT?.. VERSTÄNDLICH. ICH STAUNE SELBST, DASS ICH NOCH LEBE.

EXZELLENZ KÖNNEN IN ZUKUNFT NICHT MEHR AUF MICH ZÄHLEN. DIES IST KEINE KÜNDIGUNG, SONDERN EINE MITTEILUNG. ICH VERSCHWINDE.

ALLEIN ODER MIT DEM SCHATZ?

194

DAS IST UNWICHTIG. WICHTIG IST NUR, DASS DEUTSCHLAND IHN NICHT BEKOMMT.

ER WAR UND IST VON GEHEIMNIS UMGEBEN.

UND DAS GEHEIM-NIS SIND SIE?

RICHTIG, ICH BIN ZUM RÄTSEL GE-WORDEN.

SOGAR MIR SELBST.

ICH KÖNNTE SIE VERHAFTEN LASSEN...

RÄTSEL VERHAFTET MAN NICHT, EXZELLENZ.

ICH SEHE AUCH ZWEI FRAUEN AM EINGANG ZUM BASAR. DIE EINE BLOND, DIE ANDERE BRAUN.

NUN?

WIR KÖNNEN ABREISEN.

ES SEI DENN...

KEINE SORGE, ICH HABE DIE PÄSSE.

DIE REISE WIRD LANG UND GE-FÄHRLICH.

DU WIRST UNS BESCHÜTZEN UND WIR DICH.

WIE ICH SCHON SAGTE: DIE WELT GEHÖRT UNS!

GENAUSO IST ES... DIE WELT GEHÖRT MIR.

MEINE ART STIRBT NIE AUS.

DENN... IHNEN KANN ICH'S JA SAGEN...

ICH BIN SCHWANGER.

44

AUF MIR LIEGT EIN FLUCH. MEINE SUCHE WAR VERGEBLICH. ICH HIELT NUR WÜSTENSAND IN DEN HÄNDEN. UND NUN MUSS ICH ALLEIN LEBEN... DENN EINE DJINN IST IMMER ALLEIN.

TJA, ICH GLAUBE, ES IST SOWEIT...

TUT MIR LEID, MALEK. ICH HÄTTE DIR GERN MEHR GEGEBEN ALS DIESEN ABSCHIED.

45

SCHLIESSLICH ZWINGT DICH NIEMAND ZUR ABREISE.

ICH HABE KEINE ANDERE WAHL. WENN ICH BEI DIR BLIEBE, WÜRDE ICH DIR IRGENDWANN WEH TUN.

WIR KÖNNTEN ES VERSUCHEN.

DU HAST KEINE CHANCE. GEGEN EINE DJINN KANN NIEMAND GEWINNEN.

ACH, HÖR DOCH AUF MIT DEM QUATSCH!

ES STIMMT ABER. DA ICH EINE DJINN GEWORDEN BIN, KANN ICH VIELLEICHT DOCH NOCH MEIN ERBE ANTRETEN.

DEIN ERBE LIEGT AUF EINEM KONTO IN DER SCHWEIZ: 300 PFUND STERLING.

NEIN, ES IST VIEL MEHR. EINES TAGES WIRST DU ES BEGREIFEN.

ICH BEGREIFE NUR EINS...

ICH WERDE DICH NIE VERGESSEN, KIM NELSON.

ICH WERDE DICH NIE VERGESSEN, IBRAM MALEK.

BEIM GEHÖRNTEN, ICH KOMME ZU SPÄT!

46

WOLLTEN SIE AUCH MIT?

NEIN, ABER AN BORD IST JEMAND, DEN ICH TREFFEN WOLLTE...

EINE GEWISSE KIM NELSON.

!!!

KIM NELSON!?

RICHTIG. ICH SOLLTE IHR EINEN BRIEF GEBEN.

UND WER SIND SIE?

MR. PRIM, MIT VER- LAUB.

DJINN ENTSTEHT

W ie üblich, beginne ich mit der Dokumentation. Für mich ist ein Projekt immer dann umsetzbar, wenn zwei Aspekte stimmen: die Schauplätze und die Namen der Personen. Die Namen müssen aus einem Guss sein und das Wesentliche bereits vermitteln: KIM NELSON, JADE, LADY und LORD NELSON, bis hin zu den Nebenfiguren wie EBU SARKI und AMIN DOMAN.

Noch fehlt das Dekor, der Auftritt und Abgang der Personen, die Beleuchtung, die Übergänge zwischen Vergangenheit und Gegenwart. Das alles braucht seine Zeit. Ich rufe mir Erinnerungen wach, die Düfte und Klänge einer längst vergangenen Reise nach Istanbul. Ich besuche Bibliotheken, ich lege Listen an: Maler, die sich vom Orient inspirieren ließen, Informationen über die Stadt sowie über ihre Geschichte.

Meine Erzählung entfaltet sich auf zwei Zeitebenen, in zwei historischen Epochen, sie handelt von zwei Facetten desselben Fluchs: *Djinn*.

Der Titel ist gefunden. Die Achse steht. Ich bringe die ersten Seiten zu Papier, schicke sie Ana. Dann warte ich. Im Geist höre ich einen Bleistift auf Papier schaben, es wird radiert, geflucht? Nein, Frauen fluchen bekanntlich nicht.

Ana schickt mir erste Skizzen, man merkt, das Projekt interessiert sie. Die Magie beginnt zu wirken...

Ich sehe Kim im Restaurant, im Gespräch mit dem Schlitzohr Kemal. Bild verbindet sich mit Wort. Die Autorin hat sich mit ihrem Geschöpf vereint. Und siehe da, schon im vierten Panel der ersten Seite erklärt Kim Nelson ihre Unabhängigkeit. Sie hört Kemal zu. Das, was sie hört, gefällt ihr nicht. Und nun dies: sie spielt mit dem Kaffeelöffel, sie verbiegt ihn.

OBEN:
Band 1
Seite 3

UNTEN:
Ebu Sarki,
Herrscher
im modernen
Harem der
Madamae Fazila

LINKE SEITE:
Erste Skizzen.

„Liebe niemals eine Djinn, Malek."

MADAME FAZILA

Die ungewöhnliche Geste beweist mir, dass Ana sich mit Kim identifiziert. Die Kamera kann beruhigt abschwenken. Auftritt MALEK.

Wieder höre ich im Geist, wie Anas Bleistift eifrig auf dem Papier kratzt. Der Radiergummi reibt sich auf. Neue Skizzen. Die Figuren beginnen zu leben.

Das ist das Geheimnis des Comics: lauter stille Striche auf Papier, nichts als stumme Bilder, und doch ist alles in Bewegung, wird alles Klang.

Dass Ana bereits ganz in der Person Kim zu Hause ist, zeigt sich mir in Details wie den kleinen Falten in der Leistenbeuge an ihrem Rock, als sie in Band 1 auf Seite 5 vom Tisch aufsteht. Andere Zeichner übersehen solche Kleinigkeiten einfach.

Ana ist Kim, diese energische junge Frau. Sie kennt die Tricks der Männer. Sie hat den Durchblick, auch wenn sie sich manchmal über die Männer aufregt. Aber sie ist nicht sarkastisch, zynisch, verbittert.

Die schlechte Nachricht ist jedoch, und das weiß Ana noch gar nicht, dass Kim diese Unabhängigkeit aufgeben wird. Der Fluch der Djinn lässt keine Halbheiten zu. Aber das kommt erst im nächsten Band. Jetzt entdeckt Kim die Geheimnisse dieser Stadt. Bei AMIN DOMAN auf einer Terrasse über dem Bosporus oder in einem Hinterhaus, wo MADAME FAZILA einen modernen Harem, ein Luxusbordell betreibt. Es ist paradox: das Böse agiert in vollem Tageslicht, Hilfe kommt aus dem Dunkel, nackte Körper sind hilfsbereiter als die mit kostbaren Stoffen bekleideten.

"Das Leben im Harem war nicht schlimmer als das vieler Frauen heute."

Ana Miralles

Ana überrascht mich immer wieder mit ihrer Gabe, die richtige Besetzung der Rollen zu finden, sie angemessen zu kleiden und auszustatten. Besonders ihre Darstellung der undurchsichtigen MADAME FAZILA hat es mir angetan.

O der MALEK und AMIN DOMAN, diese so gegensätzlichen und doch so ähnlichen Männer, interessieren sich beide für Kim. Ana behandelt sie wie zwei Seiten einer Medaille. Ist es wirklich nur der Haarschnitt, der den Macho-Draufgänger von einem sensiblen Gefährten unterscheidet? Sie haben dasselbe kantige Gesicht, und beide haben sie das gewisse Etwas, dafür sorgt Ana.

Sie hat die zwei ins Herz geschlossen, und es ginge ihr entschieden gegen den Strich, wenn einem etwas zustieße. Was wiederum mir nicht passt, denn Amin Doman sollte nach meinem Willen sterben.

RECHTS:
*Malek und
Amin Doman*

RECHTE SEITE:
*Jade ist nackt,
aber niemals
unterwürfig*

Bei LADY und LORD NELSON war es schwieriger. Ich wollte sie mit der Pracht aus Tausendundeiner Nacht umgeben, auf einer Terrasse über dem Meer, mit Dialogen voller Andeutungen und Nebenbedeutungen.

Verträumt schaut die Lady über den Bosporus. Jade bringt sie ein wenig aus der Fassung, aber sie lässt sich in den Harem entführen, ins Abenteuer.

Und wie steht es mit ihrem Mann?

LORD NELSON wirkt im ersten Band steif und verklemmt. Ohne Ausstrahlung. Mir kommt er sogar ein wenig traurig vor. Lastet sein Amt so schwer auf ihm? Oder ist es, weil er in dieser Geschichte so schlecht wegkommt? Erst in Band 2 entwickelt sich Lord Nelson zu voller Größe, Ana macht ihn zum Mann. Er wird dem Geschehen eine neue Richtung geben.

 inter dem Sultan, hinter Jade und hinter der gesamten Geschichte steht eine schwarze Gestalt, imposant und doch zurückhaltend, und beobachtet das Gewirr, die Tänze der Körper. Ein Block wie aus Ebenholz, von fremdartigem, würzigem Duft, mit gezügelten Begierden. Für die Dualität JUSSUF / EBU SARKI brauchen wir eine erstklassige Besetzung. Einen Mann, dessen pure Präsenz bedrohlich wirkt.

OBEN:
Lord Nelson in Band 1 und in Band 3: zum Mann geworden

Aus dem damaligen Eunuchen ist in der Jetztzeit ein gefürchtetes Clan-Oberhaupt geworden, Herrscher über diesen modernen Harem, den Palast der Prostitution Morta Sala. Ein Generationensprung, und schon ist Geld an die Stelle des alten Rituals getreten. Im Harem hatte die Unterwerfung auch etwas Sakrales. Heute findet sich Sakrales auf Geldscheinen.

LINKE SEITE:
Jade hat Lady Nelson in der Kunst der Verführung eingeweiht

UNTEN:
Ebu Sarki. Das Sakrale existiert nicht mehr.

Und nun Jade: sie ist die Projektionsfläche für Mythen und Begierden. Sie selbst empfindet weder Liebe noch Schmerz. Nackt steht sie vor ihrem Herrn, dem Sultan, aber sie ist keineswegs unterwürfig. Nie gibt sie sich ganz hin. Der Sultan ist es, der seine gesamte Lebenskraft bei ihr verströmt. Schon bei seinem ersten Auftritt wirkt er müde, verbraucht. Aber noch befiehlt er. In seinem Machtspiel ist Jade die Trumpfkarte. Dafür müssen sich die Pforten des Harems öffnen. JUSSUF zieht sich zurück, der Weg ist frei...

Jade spielt ihre Rolle perfekt. Sie respektiert den Sultan, sie kennt ihren Platz. Er weist ihr die entscheidende Aufgabe in seinem Schachspiel zu: sie soll mit der Dame den König schlagen. Wie wir sehen werden, gelingt der Plan nicht, denn ein Bauer kommt ihm mit einem originellen Zug in die Quere.

„Dreißig Hiebe,
die Ana nicht
hinnehmen
will..."

A uch Kim, mit der Ana sich so sehr identifiziert, setzt sich mit dem alten Fluch auseinander. Um sich durchzusetzen, muss sie sich erniedrigen, ihren Körper fremden Männern überlassen, ihre Unabhängigkeit für eine Weile aufgeben. Die dreißig Glocken sind auch dreißig Schläge gegen ihre Würde.

Ana rebelliert. Die Entwicklungen gefallen ihr nicht. Zwischen Szenarist, Zeichnerin und Verlag laufen die Telefone heiß. Kim verliert ein wenig ihre Lockerheit, ihre Miene wird starrer, ihr Lächeln wirkt gezwungen. Ich wälze Gedanken, habe schlaflose Nächte. Die Gefahr besteht, dass Ana sich mit ihrem Szenaristen entzweit. Dies ist nicht mehr ihre Kim Nelson.

Ich weiß ja, Ana hat recht. Auch für andere Figuren kommt es in Band 2 hart. Wir sind am finsteren Kern der Geschichte angelangt, und nicht von ungefähr hat dieses Album das düsterste Cover. Körper werden unterworfen, geschändet, gefoltert. Der Harem ist nicht länger ein Quell der Phantasien, sondern ein Hort der Schmerzen, ein bodenloser Brunnen.

Ana ringt mit den „Daumenschrauben", die der Szenarist ihr anlegt. Sie ist unbestechlich. Ein Glück, das mit solchen Erniedrigungen erkauft wird, ist ihr nicht erstrebenswert. Aber hier geht es um die innere Logik einer Story, die sich über vier Bände erstreckt. Ich möchte die Schattenseite des Harems zeigen, die unvermeidliche Unterdrückung - gepaart mit Masochismus? -, die in eine andere Dimension führt.

RECHTE SEITE:

*Jade in träu-
merischer
Stimmung*

Der Harem
ist nicht länger
ein Quell von
Phantasien,
sondern ein Hort
der Schmerzen.

MITTE:

*Liebe zu dritt.
Band 3, Seite 35*

UNTEN:

*Studie für das
Cover von
Band 3*

Der dritte Band beginnt ruhiger. Die Handlungsfäden laufen auf eine Lösung zu. Das Cover ist prachtvoll, sinnlich, die Farben sind Rot und Schwarz, das Licht spielt auf nackter Haut. Die Djinn wirft dem Betrachter einen schrägen Blick zu. Wer könnte ihr widerstehen?

Auf der Bühne nehmen die Akteure ihre Plätze wieder ein. LORD NELSON ist abgemagert, sein Dreitagebart unterstreicht seine Erschöpfung, aber auch seine wilde Entschlossenheit. Man beginnt sich zu fragen, was sich hinter dem äußeren Schein verbergen mag...

Die Handlung schwenkt um ins Reich der Magie, sie wird zur Fata Morgana in der Wüste. Das Muster ist nach wie vor ein kompliziertes Gewebe aus Vergangenheit und Gegenwart, doch inhaltlich nähert sich das Ganze einem Kindergeburtstag: einer Schatzsuche. Das Gold muss gefunden werden, bevor es die anderen kriegen.

KIM NELSON entkommt Morta Sala. Sie vollendet den Ritus der 30 Glocken, ihr Herzklopfen hat sich gelegt. Offenbar sind Kim und Ana zu einem stillschweigenden Einvernehmen gelangt.

Mit Band 4 naht das Ende unserer Dreharbeiten, und ich stelle erleichtert fest, dass Ana sich nach wie vor mit ganzer Energie ins Getümmel stürzt. Die Leidenschaften lodern, die Zeitschlinge zieht sich um den Schatz und seinen ehemaligen Besitzer zu. Für den Sultan geht eine Welt unter: seine persönliche, die seiner Dynastie und die eines ganzen Weltentwurfs.

D as osmanische Reich wird sich nach dem Krieg ein neues Gesicht geben müssen, und der Weg dahin wird schmerzlich sein.

Eine Szene symbolisiert die Abdankung: als der Sultan seine Volieren öffnet und die kostbaren Vögel freilässt. Ich hatte mich auf diesen Augenblick gefreut, es sollte ein fröhlicher, glücklicher Moment werden. Aber der Jubel ist trügerisch, er ist ein Teppich, der einem unter den Füßen weggezogen wird.

Die Vögel sind frei, die Haremsdamen und Odalisken, diese Traumgeschöpfe, ebenso. Sie stehen auf der Straße, inmitten von Lärm, Schmutz, Gestank. Auch Jade ist frei. Sie allerdings ist uns bleibt Herrscherin über ihre Gefühle, ihren Körper. Frei ist Malek – frei, eine unerreichbare Frau zu lieben, eine Frau, die sich entfernt. Frei ist Jussuf. Er begeht Selbstmord, um seinen Körper zu bestrafen, der ihm seine Träume nicht mehr erfüllen kann. Frei ist Amin Doman, und er zieht es vor, sich dem Wahnsinn in die Arme zu werfen. Denn er hat seine Hand in die Büchse der Pandora gesteckt.

Hier steht mit kaltem Herzen, mit erstarrtem Körper ein Mann, den niemand mehr anschaut... All die Aufregungen, die Prüfungen und Mühen - war es die Sache wert? Ja.

Auf Kim ruht nun der Fluch der Djinn. Sie ist die Heldin, die sich nicht vom Schicksal unterkriegen lässt, die sich mit ihren inneren Dämonen herumschlagen muss.

Meine Aufgabe ist erledigt. Mit der Erschöpfung geht eine leise Trauer einher. Die vielen Notizen, die sich in vier Jahren angesammelt haben, sind abgearbeitet. Die Worte haben sich in Farben und Linien verwandelt. Ana bespricht sich noch mit der Technik. Einige von den Akteuren wissen, dass sie nun abtreten müssen. Anderen werden wir im nächsten Zyklus wieder begegnen.

Jean Dufaux
Juni 2004

LINKE SEITE:
Kim in Verteidigungshaltung

UNTEN:
Der Sultan geht. Band 4, Seite 16

Johann Wolfgang von Goethe

Westöstlicher Diwan

Die Huri spricht

„Wir sind aus den Elementen geschaffen
Aus Wasser, Feuer, Erd' und Luft
Unmittelbar; und irdischer Duft
Ist unserem Wesen ganz zuwider.
Wir steigen nie zu euch hernieder;
Doch wenn ihr kommt, bei uns zu ruhn,
Da haben wir genug zu tun.“

Johann Wolfgang von Goethe

Westöstlicher Diwan

Ja, die Augen waren's, ja, der Mund
Die mir blickten, die mich küssten,
Hüfte schmal, der Leib so rund
Wie zu Paradieses Lüsten.
War sie da? Wo ist sie hin?

Wenn den Schleier Liebchen lüftet,
Schüttelnd Ambrolocken lüftet,
Ja, des Dichters Liebesflüstern
Mache selbst die Huris lüstern.

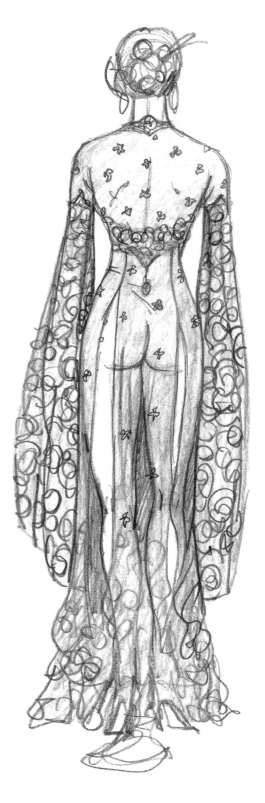

Johann Wolfgang von Goethe

Westöstlicher Diwan

Suleika spricht

„Getrocknet honigsüße Früchte
Von Bochara, dem Sonnenland,
Und tausend liebliche Gedichte
Auf Seidenblatt von Samarkand."

An Suleika

„Dir mit Wohlgeruch zu kosen,
Deine Freuden zu erhöhn,
Knospend müssen tausend Rosen
Erst in Gluten untergehn."

Johann Wolfgang von Goethe

Westöstlicher Diwan

Ungehemmt mit heißem Triebe
Läßt sich da kein Ende finden,
Bis im Anschaun ew'ger Liebe
Wir verschweben, wir verschwinden.

Johann Wolfgang von Goethe

West-östlicher Diwan

Suleika spricht

„Ach, um deine feuchten Schwingen,
West, wie sehr ich dich beneide.
Denn du kannst ihm Kunde bringen,
Was ich in der Trennung leide.

Die Bewegung deiner Flügel
Weckt im Busen stilles Sehnen;
Blumen, Augen, Wald und Hügel
Stehn bei deinem Hauch in Tränen.".